COLLECTION
L'IMAGINAIRE

Eugène Dabit

Faubourgs de Paris

Gallimard

Eugène Dabit est né le 21 septembre 1898 à Mers-les-Bains. La famille habite en réalité à Paris où le père est alors « bandagiste », et la mère « éventailleuse ». Après avoir été apprenti ferronnier d'art puis mécanicien à la Compagnie Nord-Sud, il s'engage comme artilleur en 1916, découvre la lecture et son désir d'écrire. De 1918 à 1926, il se consacre à la peinture, dont il vit difficilement. C'est en 1926 qu'il écrit la première version de *Petit-Louis*. En 1927, il rencontre André Gide, puis en 1928 Roger Martin du Gard et Léopold Chauveau, écrit la première version de *L'Hôtel du Nord*, publié en 1929, et qui lui vaut le premier Prix populiste. *Petit-Louis* est publié en 1930. De 1930 à 1936, période de grande productivité littéraire, il assiste à des réunions d'intellectuels d'extrême gauche, où il retrouve Guéhenno, Malraux, Barbusse. Il adhère à l'Association des écrivains et artistes révolutionnaires (A.É.A.R.), puis, en juin 1936, il accompagne André Gide en URSS, où il meurt le 21 août.

Marcel Carné donnera la version cinématographique de *L'Hôtel du Nord* en 1938.

L'œuvre d'Eugène Dabit comporte cinq romans, des récits et nouvelles, une pièce de théâtre, des écrits sur l'art, des chroniques et des reportages et un *Journal intime (1928-1936)*.

A Jean Guéhenno

Paris change ! mais rien dans ma mélancolie
N'a bougé ! palais neufs, échafaudages, blocs,
Vieux faubourgs, tout pour moi devient allégorie,
Et mes chers souvenirs sont plus lourds que des rocs

BAUDELAIRE.
(Tableaux Parisiens.)

Dix-huitième arrondissement

I

Je suis né à Paris.

Aussi loin que je remonte dans mon passé, je retrouve l'image de maisons charbonneuses ; et dans mes souvenirs s'étendent des rues froides, des boulevards bruyants mais sans gaieté, des paysages de la zone cernés de palissades.

D'abord, nous habitâmes rue du Mont-Cenis.

Du premier étage d'une vieille maison, je voyais le chemin de fer de ceinture rouler au fond d'une tranchée ; au-delà, les talus verdâtres des fortifications et des arbres. Le dimanche après-midi, ma mère m'emmenait vers cette banlieue. Nous passions devant la gare Ornano, provinciale ; franchissions la porte de Clignancourt où j'avais peur des gabelous ; et la plaine de Saint-Denis s'ouvrait. Parfois, nous entrions dans une épicerie ; maman y achetait à bon prix un demi-litre de pétrole, un demi-setier d'huile, une livre de sel, qu'elle rapportait sans avoir à payer aucun droit d'octroi.

Nous déménageâmes.

Nous allâmes habiter rue de Suez où ma mère tint une loge de concierge. Le logement se composait d'une seule pièce qu'encombraient deux lits, des chaises, une armoire à glace, une table, une cuisinière. Il m'était impossible d'y remuer sans causer quelque dégât et maman m'envoyait jouer dans la rue.

Je retrouvais mes camarades d'école. Nous jouions à l'escargot, à la marelle, et invitions à ces jeux des fillettes que nous observions sournoisement. Puis nous musardions à travers le quartier que bordaient les boulevards extérieurs. Nous regardions, sans comprendre leur manège, des filles en cheveux faire les cent pas à la tombée du jour ; certaines nous souriaient, nous ne pouvions démarrer.

Enfin, nous arrivions au pont Marcadet. Alentour, les maisons étaient plus noires, plus noirs aussi les hommes qui y entraient, tous cheminots. Les sirènes des usines retentissaient, soudain des ouvriers emplissaient les rues.Quelques-uns nous disaient d'une voix traînante : « Bonsoir les mômes. » Il y avait je ne sais quelle tristesse au fond de leur regard, quel abattement dans leur attitude, et dans leurs mains ouvertes des plaies noires. Leur défilé était aussi morne que celui d'une armée, le soir d'une retraite.

Nous nous remettions à courir, nous traversions la rue de la Chapelle où l'on rencontrait des voitures maraîchères, des bœufs, des troupeaux de moutons, et arrivions presque à la Villette. On apercevait des entrepôts, les lignes fumeuses du chemin de fer de l'Est ; il en venait le roulement des trains, comme une sourde chanson.

Mais il fallait regagner notre quartier. Nous baguenaudions encore. La lueur des réverbères tremblotait, rares étaient les enseignes lumineuses, et des appareils à gaz éclairaient les boutiques. Nous nous arrêtions devant les vitrines des mercières où des bocaux de sucreries se dressaient entre des rubans et des dentelles ; collions notre visage contre les vitres des cafés pour voir jouer au billard des messieurs à faux col ; faisions halte près d'une porte cochère, tirions violemment la sonnette, et au galop repartions dans la rue sombre.

Boulevard Barbès, passait en soufflant le tramway à vapeur Saint-Ouen-Bastille, de lourdes guimbardes à impériale dans lesquelles nous sautions lorsque nous avions des sous. Il nous semblait obéir aux appels que lançaient les locomotives sous le pont Marcadet et partir pour un voyage aventureux. Mais bientôt le receveur criait le nom de notre station. Tardions-nous à descendre, hop ! il nous empoignait par le bras.

Pour gagner la rue de Suez, je suivais la rue de Panama où ma tante Marie, comme maman, était concierge. Je faisais une halte dans sa loge, près de mon oncle, ouvrier cordonnier à Belleville, gros homme dont la main calleuse meurtrissait ma main, dont la barbe dure me piquait la joue.

Au retour de la fabrique, Tonton ressemelait les chaussures de ses locataires, celles de ses gosses qui usaient leurs souliers dans nos escapades. Il s'occupait de politique, était membre de la section socialiste du quartier de la Goutte-d'Or. Il discutait avec des camarades, sans cesser une minute de taper son cuir. Je l'écoutais raconter des histoires que ses gestes et sa voix rendaient séduisantes comme un conte ; si je l'interrompais, en grondant il me faisait asseoir sous le bec Auer dont la lueur avait roussi les cheveux de mon cousin Maurice ! Tout à coup, il dénouait son tablier ; suivi de ses camarades, il allait au café « boire une mominette ».

Je quittais tristement la loge de Tata pour retrouver notre loge qui était calme comme notre existence. A chaque pas je butais contre un meuble ; quand je levais les yeux, je voyais un plafond jaunâtre. Je m'approchais de la porte et regardais rentrer du travail les locataires.

La rue appartenait à une société qui y avait construit

des maisons dont les façades pauvres et uniformes s'encrassaient. Chaque immeuble se composait de deux corps de bâtiments. Sur rue, vivaient des employés, des bureaucrates, des représentants de commerce ; sur cour, des ouvriers et leurs familles nombreuses, toute une smalah ! Cependant, lorsque les locataires passaient devant la loge, moi, je ne savais faire entre eux ces différences auxquelles ma mère se plaisait. Sur le mur brun, je voyais paraître un dos rond, s'avancer un visage terne ; et j'entendais : « Pas de lettre, aujourd'hui ? » Il n'y en avait presque jamais, ou bien des cartes postales — que je lisais — au jour de l'an et à l'époque des grandes vacances. Le locataire marmonnait ; en traînant des pieds il traversait le couloir et s'engageait dans l'escalier. Je comptais les pas. Il montait pesamment, puis une porte claquait ; il était chez lui, dans sa case, le logement de deux pièces avec « entrée, cuisine, cabinet ».

Je restais à mon poste. Les locataires habitant sur cour se suivaient, et, au passage, tous me criaient bonsoir. Eux, je prenais plaisir à les voir défiler, des hommes en bourgeron comme je les avais rencontrés à la sortie des usines, des charpentiers au large pantalon de velours, des maçons aux vêtements tachés de plâtre, et d'autres : menuisiers, serruriers, cochers, drôlement affublés, rasant les murs, disparaissant vite. Quelquefois passaient des fillettes, mes amies, qui me souriaient ; des jeunes femmes, vendeuses, couturières, le teint avivé par le maquillage ; ou le père Bayer, fruitier, qui allait chercher des marchandises dans sa remise, au fond de la cour.

Les entrées devenaient plus rares, l'envie me prenait de jouer dehors un moment. Un bec de gaz sans manchon éclairait le couloir, un bec papillon que les courants d'air battaient et dont la flamme crépitante était d'un rouge crasseux. Je m'élançais, glissais sur les dalles, sautais à pieds joints; le fils des locataires du rez-de-chaussée m'entendait et entre-bâillait sa porte.

Soudain, maman criait : « Va dans l'escalier voir si tous les becs sont allumés ! » Je montais les marches deux à deux, m'arrêtant à chaque palier pour me pencher sur la rampe et cracher dans le vide, pour renifler des odeurs de cuisine, pour écouter aux portes. J'entendais parler, chantonner, tinter des casseroles. C'était ainsi jusqu'au sixième, tout le monde se mettait à table. Et à dix heures, quand on aurait éteint le gaz, le silence commencerait. Du sixième, je me laissais glisser sur la rampe; il y avait des virages, des arrêts, de brusques départs. Parfois un locataire ouvrait sa porte : « Gare la bûche ! » Il me proposait d'entrer un instant, me donnait quelque gâterie que je mangeais en regardant avec un mélange de curiosité et d'envie des meubles plus beaux que ceux dont maman tirait vanité.

Mon père, lui aussi, était rentré du travail. Nous nous mettions à table, serrés entre la porte, le grand lit, la cuisinière. Je me tenais mal, ma tête balançait, mes paupières battaient. « Tu as encore vadrouillé », grognait mon père. A peine avais-je terminé que maman m'envoyait au lit, un petit lit de fer aux barreaux blanchâtres; je ne pouvais plus bien m'y allonger.

Je fermais les yeux quand un coup de sonnette me faisait sursauter. Ma mère tirait le cordon. Un homme entrait, disait son nom d'une voix sourde. En semaine, vers minuit, la maison était silencieuse. Le sommeil de six étages, de quatre-vingts locataires peut-être, pesait sur moi.

Nous dormions la fenêtre close, car dans la cour étaient alignées les boîtes à ordures dans lesquelles venaient grignoter les rats, et ma mère, et moi-même, craignions qu'ils n'entrassent chez nous. J'étouffais ; j'écoutais ronfler mon père. Enfin, le sommeil...

Vers cinq heures du matin, la vie reprenait. Un homme demandait le cordon, un chiffonnier tirait les boîtes à ordures, le père Bayer remuait ses pots à lait. Ma mère se levait. Du ciel une lueur blême descendait, éclairant le couloir où passaient à la file les locataires mal réveillés, pourchassés par leurs rêves qui allaient mourir dans la rue.

Je restais au lit ; maman, déjà en tenue de travail, me secouait. Elle me débarbouillait, me donnait un bol de café. Je partais pour l'école en suivant la rue Léon, la rue Myrha. Les boutiques s'ouvraient ; un tombereau roulait, il en tombait des ordures et une poussière de cendres.

Je ne me pressais pas. Toujours le spectacle de la rue me retenait et je faisais des découvertes. Je construisais dans les ruisseaux des barrages de sable, tirais la natte des « quilles » qui se rendaient à la maternelle, grimpais derrière les fiacres, injuriais les cochers lorsqu'ils me menaçaient de leur fouet. J'apprenais la géographie et l'histoire en lisant sur les panneaux bleus des rues les noms des villes, ceux des grands hommes ; je musardais devant les vitrines dont les bariolages amusaient mes yeux ; je frôlais les passants, j'étais curieux de les mieux connaître tant leurs visages et leurs paroles m'intriguaient...

Durant plusieurs années, sans faiblir, ma mère remplit ses fonctions de concierge.

Le dimanche, elle demeurait dans sa loge, attentive aux allées et venues, soucieuse que des voleurs n'entrassent dans l'immeuble. Les après-midi d'été, mon père rejoignait Tonton et ses amis rue Polonceau, à la terrasse d'un café où l'on jouait aux cartes, où l'on préparait les élections. On n'y admettait pas les gosses et je restais avec maman.

Tard, lorsqu'elle avait fini son ouvrage, elle consentait à sortir de son trou. Elle s'asseyait sur une chaise, devant la porte, et, immobile, prenait l'air, tandis que je dessinais à la craie sur le trottoir.

Elle saluait ses locataires qui rentraient. « Il a fait une belle journée d'été », disait-elle. Eux, revenaient des Tuileries, des Champs-Élysées, du Bois de Boulogne, contrées lointaines où mon père, selon ses tournées de cocher-livreur, se rendait. Moi, je connaissais la verdure pelée du square Saint-Mathieu, du square de la Chapelle, et un dimanche où mon père tint la loge, maman et moi allâmes au square Saint-Pierre. Les locataires racontaient à ma mère leur promenade et je voyais son visage s'éclairer. « Oh, quand on peut, soupirait-elle. Moi, avec la loge, je ne quitte jamais le quartier. » Le crépuscule tombait, entre les maisons sombres s'étendait une voie lumineuse vers laquelle maman levait les yeux. Elle murmurait : « Il fait encore clair. Ce sont les plus longs jours de l'année. » Elle se redressait, prenait sa chaise. « Mon petit, faut rentrer. » Le dimanche était fini, nous retrouvions la loge, comme une cage.

Et la semaine recommençait, avec ses devoirs, ses tâches, qui étaient toujours plus dures.

Cirer l'escalier « du devant », laver l'escalier « du fond », balayer la cour, astiquer les cuivres, s'occuper du courrier, des receveurs de la compagnie du gaz ; enfin, tous les trois mois, toucher le terme. Quel souci, alors ! Donner les quittances, recevoir l'argent, compter et recompter des billets ou des pièces d'or, les serrer dans l'armoire. Et puis, un matin, l'argent sur sa poitrine, maman partait pour le siège de la société, rue Caulaincourt. C'était presque sa seule promenade et encore n'en profitait-elle pas, car elle craignait qu'on ne l'attaquât. Elle rentrait chez nous, délivrée, heureuse, retrouvait ses quatre murs, son petit train-train.

Vint pourtant un jour où elle ne put continuer son métier. Elle dépérissait. Elle faisait un travail « au-dessus de ses forces », déclara un médecin de la rue des Poissonniers qu'elle consentit enfin à aller voir.

II

Nous nous installâmes aux Grandes-Carrières.

Fini, la loge de concierge ! Nous habitions au cinquième étage, et, de nos fenêtres, découvrions un vaste horizon. De longues années, ce fut ma campagne. J'appris aussi, de cette façon, à bien connaître mon nouveau quartier. J'en voyais les rues sinueuses, comme des veines bleuâtres qui lui donnaient vie ; les maisons qui montraient leurs toits de zinc ou de tuiles, leurs cheminées comme des mâts innombrables ; les fabriques dont les vitrages étincelaient au soleil. A la limite de Paris s'étendait la zone avec ses masures, Saint-Ouen et ses usines aux cheminées empanachées de flocons noirs, plus tristes que des nuages. Au-delà, Saint-Denis, où un été j'allai passer mes vacances chez un camarade de mon père ; la plaine de Gennevilliers, les collines d'Argenteuil au pied desquelles coulait la Seine. C'était là « le Bassin Parisien » dont on parlait souvent à l'école.

Le jeudi, j'allais vadrouiller sur les fortifs.

Je m'arrêtais devant un campement de romanichels. La porte de leur roulotte était ouverte, j'apercevais un intérieur bizarre où des gosses se traînaient, où des femmes aux cheveux luisants glapissaient ; des hommes travaillaient et je ne me lassais jamais de les voir tordre agilement des brindilles d'osier dont ils faisaient des tables. A l'écart, un cheval efflanqué tondait l'herbe.

Avec ce spectacle, j'entrais dans un monde sauvage et libre. Je partais en courant. Devant moi, des fossés, des bastions, des remparts, où avec des camarades déguenillés je bataillais. On lançait des cerfs-volants qu'on appelait « pipelans ». On s'étendait auprès d'hommes barbus, chaussés d'espadrilles, des vagabonds qui restaient vautrés au soleil, en fumant des mégots. Des remparts, on voyait la porte de Clignancourt où l'on construisait alors des casernes, et les baraques et les huttes du Marché aux Puces. Le vent apportait une bonne odeur de friture, mais parfois aussi celle d'une charogne qui pourrissait dans l'herbe. Des tramways filaient en grinçant vers la banlieue; par le boulevard Ney un convoi gagnait le cimetière de Saint-Ouen, le corbillard sautait sur les gros pavés de la chaussée, des hommes et des femmes le suivaient comme une troupe à la débandade.

Sur les fortifications déclassées, nous jouions à la petite guerre, au gendarme et au voleur, à la balle au chasseur. Souvent un individu sortait de sa poche un couteau à cran d'arrêt et nous faisait jouer à la carotte. Il s'agissait de planter vivement la lame droit dans le sol. Nous n'y réussissions guère, mais lui s'y montrait habile, ainsi qu'à lancer comme une flèche son couteau dans une planche; il nous racontait aussi des obscénités que je comprenais mal et dont riait une garce qui se suspendait à son cou.

J'avais des relations parmi les zoniers. Certains me recevaient dans leur cabane au toit de carton bitumé, me laissaient parcourir les allées de leur jardin, marcher à ma guise entre les carrés de poireaux et les plants de salades. Je contemplais les pensées, les giroflées, les reines-marguerites, que je n'avais vues que chez le fleuriste. Et, à la fraîche, on me permettait d'arroser. La fontaine était loin, près de la poterne du Poteau ; sans me lasser, je faisais jusqu'à dix voyages. On me récompensait en me donnant une poignée de groseilles.

Quelles journées ! Je rentrais à la maison, les joues rouges, des herbes plein les cheveux. Je gardais dans les yeux l'image d'un arbre fruitier et d'un jardin potager où le thym, le persil, le cerfeuil, étaient pour moi des plantes singulières, presque exotiques. Je sentais un grand vent pur, un vent marin fouetter encore mon visage. Les rues étaient moins étroites, moins hautes les maisons. Au-delà de cette enceinte de fer et de pierre, il y avait un ciel immense, des arbres en fleurs et des champs, des nuages libres et de vrais ouragans, la mer enfin pour laquelle je partirai en « train de plaisir ».

Mais je ne partais jamais, hélas ! et je me rabattais sur mon quartier.

J'allais vers le sud : la Butte-Montmartre. Pour y atteindre, tantôt je suivais la rue du Ruisseau, tantôt la rue du Mont-Cenis ou la rue des Saules. Je montais de longs escaliers au milieu desquels se dressait une rampe de fer ; je m'asseyais dessus, me laissais glisser, puis remontais les marches sans souffler.

La Butte n'était pas le siège d'une « Commune Libre » d'opérette ni un centre pour les touristes. Un coin besogneux et provincial, avec de petites places désertes, une église de village au clocher trapu, un bel horizon lorsqu'on s'attardait près de la statue du chevalier de la Barre, supplicié pour n'avoir pas salué une procession.

L'église du Sacré-Cœur n'était pas terminée. On pouvait flâner dans un énorme chantier, grimper sur des échafaudages d'où l'on découvrait mieux Paris. Un monde aussi inaccessible et lointain pour moi que l'était la mer. Avec les fumées montait une rumeur confuse, des appels qui me troublaient. Je voyais la Tour Eiffel, la Grande Roue, les Invalides, Notre-Dame, des quartiers qui n'étaient pas le mien, dont mes parents ne me parlaient guère — ou comme d'un monde bourgeois différent du nôtre — et vers lesquels mon père descendait chaque matin pour gagner sa vie. Je devinais des frontières que je n'avais, à cette époque, nulle envie de franchir.

Tranquillement, je tournais le dos à Paris. J'allais sur la place du Tertre m'installer derrière quelque peintre. Ils étaient peu nombreux et d'allure romantique; beaucoup peignaient devant le Moulin de la Galette. L'un d'eux, un jour, tout en raclant sa palette, me fit un cours d'histoire : le siège de la Butte en 1815, puis en 1871 la Commune et ses fusillades; il me parla aussi du village de Montmartre où tournaient trois moulins. L'inaction me pesait. Je gambadais, dévalais des pentes, glissais encore sur des rampes. Il y avait des terrains vagues, des buttes de glaise ou de sable, des carrières abandonnées, des fondrières, des dépôts d'immondices, de mauvais lieux comme le passage Saint-Vincent, un monde vieillot, confus, surprenant. Vers la place Constantin-Pecqueur, c'était même « le maquis »; des jardins sauvages, des tonnelles, des baraques où vivaient des chiffonniers.

Ainsi, ce Montmartre me séduisait. Les rues y étaient mal tracées, mal pavées; mais dans les ruisseaux l'eau faisait entendre un frais glou-glou; contre de vieux murs poussait l'herbe; et par une porte que j'ouvrais sans vergogne, j'apercevais un jardin calme, avec des arceaux, des allées de buis, des groseilliers sur lesquels se penchaient les branches des acacias. J'oubliais les hommes; il me semblait que Paris aussi les oubliait. Sur cette butte on était perdu dans le ciel.

Pourtant, il fallait en redescendre. Je suivais une rue

bordée d'échoppes où l'on vendait des bondieuseries, j'arrivais sur une place où j'hésitais. Quelquefois, j'étais assez riche pour prendre le funiculaire qui descendait la butte comme un gros animal accroupi et prudent. Ou bien je pénétrais dans le square Saint-Pierre. Un escalier bordé d'une rampe rustique tournait en spirale, aboutissait enfin à une grotte où les gosses poussaient des hurlements.

J'arrivais place des Abbesses et c'était encore la province. Je prenais la rue Lepic qu'encombraient les voitures des marchandes des quatre-saisons, et débarquais place Blanche, comme à la frontière d'un nouveau pays.

Il y avait un moulin, mais c'était le Moulin-Rouge ; une place, mais les voitures s'y poursuivaient. Les hommes, et surtout les femmes, avaient une autre tournure que dans mon quartier. Tous étaient vêtus comme les figures des catalogues que la concierge me donnait dans ses jours de bonne humeur. Avec ma casquette, mon tablier lustré, mes galoches qui claquaient sur le trottoir, je me sentais mal à l'aise et il me semblait que des agents m'observaient. Je rasais les murs. Mais je ne quittais pas des yeux le boulevard. Il était large, bruyant, il recevait la vie de toutes parts comme un grand fleuve l'eau de ses affluents, il coulait vers la place de Clichy où défilaient des voitures-omnibus, des fiacres, des automobiles qui pétaradaient, des vélocipédistes que j'enviais. Je passais devant l'Hippodrome. Lors de l'Exposition de 1900 j'y avais assisté, paraît-il, à des courses de char. Maintenant, on y faisait du cinéma. Moi qui fréquentais le jeudi un boui-boui de la rue Ordener où je voyais de mauvais films, je souhaitais entrer un dimanche, avec mes parents, dans cette salle immense.

Puis je traversais le pont Caulaincourt. Je regardais les monuments du cimetière du Nord et m'arrêtais toujours au-dessus d'un homme de bronze dont le corps nu était recouvert d'un voile. Plus tard, j'appris que cette tombe était celle du général Cavaignac, que cette statue était l'œuvre de Rude. L'immobilité, la dureté cruelle de cette figure, retenaient longtemps mes yeux, comme l'image de la mort qui obsédait alors mes nuits. Je me cramponnais au parapet, sans entendre la rumeur de Paris. Enfin, je me détachais de ce spectacle, je retrouvais une rue sans éclat, comme un fleuve qui me ramenait au cœur de mon quartier.

J'y redevenais heureux. Je connaissais les moindres ruelles, des passages gluants et ténébreux comme l'impasse de la Grosse-Bouteille et celui du Mont-Viso. J'avais partout des copains, et des ennemis, avec lesquels je jouais ou me battais.

J'arrivais au boulevard Béliard, là où le chemin de fer de ceinture sort d'un tunnel. J'attendais qu'un train parût, je le bombardais à coups de pierres, puis je m'enfuyais. Ce point était un lieu de rendez-vous d'où, avec un chenapan de rouquin qui était notre chef, nous partions en bande pour la campagne. Nous courions derrière le tramway Trinité-Lac d'Enghien et grimpions adroitement au cul d'une « baladeuse » qui nous conduisait à Saint-Ouen. Au bord de la Seine, dans une île où s'élevaient une guinguette et la baraque du père Mahut — où il y avait eu un crime autrefois — nous pêchions des alevins, des têtards, que nous jetions au fond d'une boîte de fer-blanc. Nous étions des « pirates » qui infestaient le fleuve, hélaient les péniches, ramassaient de vieilles planches, arrachaient les roseaux. Et, le soir venu, triomphalement, nous ramenions à Paris notre butin.

Près de chez moi, place Jules-Joffrin, se dressait la mairie, monument ouvragé comme ces édifices de saindoux que les charcutiers montent quelquefois en vitrine. L'église Notre-Dame de Clignancourt lui faisait face, sèche et nue, avec son clocher qui se perdait dans un ciel fumeux, son jardin chétif que défendaient des grilles. Parfois, la grande porte étant ouverte, je voyais des cierges briller dans l'ombre. Mais je restais sur le seuil — chez mes parents, jamais il n'était question de Dieu.

Cette place était le cœur des quatre quartiers qui composaient l'arrondissement. On le sentait battre. Le samedi, se succédaient les mariages avec des landaus, de grandes voitures chamarrées ; il en descendait un public joyeux, une mariée confuse dans son voile et sa robe à traîne. Et chaque jour, des convois s'arrêtaient devant l'église dont l'entrée était tendue de draperies, ou nue comme la porte d'un hospice ; des corbillards de pauvres, d'autres à panaches d'argent, stationnaient ; des couronnes et des bouquets fleurissaient les trottoirs ; des groupes emplissaient la place, et une vieille femme courbée et sautillante allait de l'un à l'autre. C'était « Poupoule », une clocharde qui vivait là, et, du matin au soir, dessinait à la plume des cartes postales qu'elle proposait au public des mariages comme à celui des enterrements.

La période des élections arrivait.

Depuis plusieurs semaines des affiches vives en couleur barbouillaient les murs. Nous déchirions, au sortir de l'école, celles des candidats dont ne se réclamaient pas nos parents. Ma mère me parlait de Jules Joffrin, de Louise Michel qu'elle avait vue agitant le drapeau rouge, lors d'une manifestation. Mon père allait retrouver Tonton presque tous les soirs, à la permanence socialiste. Il m'y emmena une fois. J'entendis prononcer les noms de Jaurès, Vaillant, Sembat. On discutait à toutes les tables, et des coups de poing faisaient sauter les soucoupes.

Le soir des élections venait, après des heures qui avaient mis sens dessus dessous les quatre quartiers, comme un jour de fête nationale. Place Jules-Joffrin, je retrouvais Tonton campé au milieu de ses amis. Mon père était de la partie, et des centaines d'hommes qui lui ressemblaient, des femmes qui avaient le visage humble de ma mère. Tous piétinaient, disputaient, s'impatientaient. Des yeux brillants d'espoir se fixaient sur un panneau lumineux placé en haut de la mairie. Les visages étaient gais. Enfin, des noms, des chiffres, s'inscrivaient sur le transparent, semblaient se détacher soudain, tomber sur nous comme des pierres. Les cris, les jurons, les coups de sifflet retentissaient, et, plus rares, les applaudissements. Il y avait des bousculades, des remous, comme une vague de fond qui déferlait pour tout balayer, mais perdait subitement sa violence et se brisait contre des murs.

Tonton serrait les poings, murmurait des menaces, parlait de je ne sais quelles trahisons ; mon père, le visage blême, écrasait ma main dans sa main. La mairie redevenait un bâtiment sombre où nous n'entrerions pas encore cette fois-ci.

La foule s'écoulait lentement. Des sergents de ville la dispersaient, la rejetaient vers ses quartiers où chacun retrouverait sa maison et la vie quotidienne. Je voyais se crisper des visages, aller sans force des hommes qui gesticulaient une heure avant. « La prochaine fois ! » criait Tonton, en levant le poing vers la mairie où pendait un drapeau sans couleur. Mais personne ne l'écoutait plus ; il était tard, on travaillait le lendemain.

« La prochaine fois... »

Ce fut là, sur ces murs comme ceux d'une forteresse, qu'un jour de l'été 1914, sous les regards d'une foule joyeuse, je vis s'étaler des affiches qui annonçaient la Mobilisation Générale.

III

Avec la guerre, un monde fut englouti. Je me suis tourné vers lui une dernière fois, j'en ai remué les cendres. J'ai retrouvé des images qui se brouillent, s'effacent comme les photographies de mes grands-parents. Mais je ne me penche pas sur elles en pleurant.

Je ne peux taire ma tendresse pour un pays presque disparu. A distance, la vie y semblait plus aisée qu'aujourd'hui, les souffrances moins longues, les haines moins violentes. Je me suis souvenu de mes promenades, de mes premiers amis, d'habitudes douces ; et la phrase de ma mère me montait aux lèvres : « Dans ce temps-là, comme tout était facile ». Non ! Le poison était plus lent et engourdissait. Je ne regrette rien de ce passé.

Aujourd'hui, les fortifications sont rasées. Longtemps, des hommes s'acharnèrent à détruire l'ouvrage d'autres hommes. Ils nivelèrent des talus, comblèrent des fossés, chargèrent des camions de déblais jusqu'au moment où le sol fut uni. Alors, ils tracèrent les fondations d'une ville neuve. Entre la poterne du Poteau et la barrière de Clignancourt se dressent des maisons de briques, un immense quartier morne qui finit au bord de la zone et jette son ombre sur des arbres rabougris qui annonçaient jadis la naissance du printemps.

Le Marché aux Puces est voisin. On n'y trouve plus le désordre d'autrefois ni des étalages en plein vent. Les brocanteurs sont installés dans de solides baraques et des bourgeois et des antiquaires se penchent avec amour sur des vieilleries. L'avenue Michelet a peu changé, bordée de guinguettes où l'on mange des moules marinières, des frites qu'on arrose d'un vin aigre. Mais des hommes barbus, silencieux, inquiets, affublés de défroques militaires, juifs ou sidis, entourent les tables. Le vent poussiéreux apporte le grondement continu des trains, les appels d'un clairon ; et, depuis des années, les enterrements n'ont pas cessé de filer vers le cimetière de Saint-Ouen qu'enserre maintenant ce cimetière des vivants : l'usine.

J'erre dans les sentes, entre des palissades et des baraquements. Des zoniers y continuent à vivre, durement, misérablement ; ils s'accrochent à ce sol bourré d'ordures, y construisent de nouvelles bicoques qui font souvenir du front.

Ailleurs, me poursuit la même sensation de dépaysement. Sur les terrains vagues de la Butte-Montmartre et des Grandes-Carrières où j'allais jouer, s'élèvent des constructions rigides et désolantes comme des casernes, des fabriques, des banques, des garages. Le terrain « vaut de l'or » ! Les maisons se touchent, se soutiennent, font la haie, cachent le soleil. Au printemps, sur les boulevards, nul autre feuillage que celui des marronniers et des platanes qui enfoncent leurs racines entre les canalisations électriques et celles du gaz. Rien de ce qui témoigne d'une éternelle nature. Des lueurs de mercure et des lampes à arc combattent les longues nuits d'hiver ; des odeurs de goudron et d'essence, les relents des bars, des gargotes, des coiffeurs, empoisonnent l'air printanier ; seul l'été parisien, accablant de chaleur, rappelle la plénitude de l'heure de midi dans une plaine.

Quelques carrefours, des places, des boulevards, puis un labyrinthe de rues où les maisons sont anonymes comme des soldats, recouvertes de leur uniforme de poussière et de suie. Je fixe des yeux les fenêtres où pendent des loques, des cages, et, derrière des vitres ternes, des rideaux déchirés. Je vais, rasant les murs. Enfin j'obéis à un obscur appel qui me pousse vers les ruelles que bordent des masures.

Je m'arrête devant une fenêtre — des pots à fleurs ornent certaines. Les rideaux sont entr'ouverts, j'aperçois un logis mal éclairé, bas de plafond. Dans un coin, un buffet encombré ; ailleurs, des chaises trouées, un lit-cage, une armoire de bois blanc. Une femme colle des boîtes de carton, elle ne lève jamais la tête ; ses mains vont et viennent ainsi qu'une machine. Elle travaille aux pièces, touche un salaire dérisoire, mais elle est « chez elle », près du poêle sur lequel le dîner mijote dans une marmite de fonte.

Dans des chambres crasseuses, ce sont des vieillards que j'observe — ceux de l'Assistance — penchés sur des journaux jaunis, sur un chat, sur une besogne inutile, quelquefois penchés sur leurs souvenirs. Le soir vient. Ils allument une lampe à pétrole dont la flamme fumeuse éclaire un intérieur misérable ; se rasseyent ; et, les mains sur leurs genoux, reprennent leurs songeries silencieuses.

Ce monde qui meurt, à mon tour je le délaisse.

Je descends le boulevard Ornano, puis le boulevard Barbès, et rencontre le présent. Un tourbillon. J'entends toutes les langues. Des rues s'ouvrent, sans ciel, mais qu'a-t-on besoin d'un ciel ? Les feux des enseignes l'éclaboussent. La viande saigne à la devanture d'une boucherie, des légumes se flétrissent à l'étalage d'une fruiterie. Un magasin de meubles, un bistrot, à chaque carrefour un grand café dont le comptoir brille ; devant la porte flamboyante d'un hôtel, des femmes.

Vers huit heures tintent les sonneries des cinémas. Ce sont des *Palace,* des *Impérial,* des *Eden.* On y va en casquette, comme à l'usine. J'entre aussi, sans choisir jamais la salle ni lire les affiches. Un manteau de chaleur enveloppe, un voile descend sur les yeux ; on respire des relents aigres, de mauvais parfums, l'odeur d'une foule qui chaque soir emplit le métro. Trois heures d'oubli, peut-être, ou d'abrutissement.

Et, à minuit, on se retrouve sur le pavé gras où les autos ne traquent plus personne, on suit des rues qui n'ont jamais semblé si ténébreuses, on voit des portes s'ouvrir sur des couloirs qui puent l'humidité et les ordures ménagères. La fatigue a succédé à la joie, les rêves sont morts. Six heures de repos, et le réveil...

Ainsi, depuis mon enfance, en dépit d'apparences, rien n'a changé. Toujours l'entassement dans des chambres, des bruits dans l'escalier, de mauvaises odeurs. Le froid en hiver, la chaleur en été. Un ciel brumeux, un ciel de pluie, un ciel de plomb. On ne connaît aucune évasion. Sauf celle du sommeil. Mais il y a des logements où la vermine empêche de dormir, où le manque d'air fait suffoquer ; d'autres où ce sont les phonos, les querelles des voisins, les cris d'enfant, qui assassinent les songes.

Notre époque est dure, violente, sans beauté. On ne contemple plus le ciel que cachent de hautes maisons ; on ne surprend plus, au fond du silence, l'appel léger du vent ; on ne trouve d'arbres qu'étranglés par des grilles de fonte, en terre comme dans des pots, prisonniers dans des squares poussiéreux comme les musées. On regarde la campagne des affiches de chemin de fer, et, un dimanche de printemps ou d'été, on part. On attend, parqués dans les gares ; on traverse de faux villages ; et, le soir, on rentre en portant des branches dont la sève saigne.

Des hommes comme je les ai vus enfant, comme je les retrouve homme à mon tour. Je ne les regarde plus avec un visage ingénu et curieux, ne marche pas derrière eux dans l'espoir de quelque aventure. Je connais leurs maladies, je partage leurs haines. Et, les soirs d'élection, nous nous réunissons sur la place Jules-Joffrin, entre une mairie et une église éternelles. Tonton n'est pas là, ne sera plus jamais là pour souffrir de nos défaites et se réjouir de nos vaines victoires ; mais ses fils...

Des hommes...

Le soir, des bouches du métro, en rangs épais, je les vois sortir, monter lentement vers la lumière crue des villes. Par des galeries souterraines ils ont parcouru Paris, travaillé tout le long du jour, et la nuit les ramène, titubants, ivres de bruits, les cache et les pousse vers leurs quartiers. Ils suivent des rues où commencent à fermer les boutiques, disparaissent dans des couloirs aux murs poisseux, couloirs d'hôtels, de maisons ouvrières.

Enfin, les voilà chez eux.

Ce voyage que j'entreprenais enfant, lorsque ma mère me disait de monter l'escalier de notre immeuble, en pensée je le recommence.

Tant de logements dont je sais les richesses qui veulent cacher la défaite, les ambitions déçues : des salles à manger où je reconnais les meubles étriqués et le décor des galeries d'ameublement du boulevard Barbès ; et des chambres où il n'y a rien que de pauvres choses usées par des habitudes, tachées par des gestes quotidiens, accablées par la vie. Là, des hommes et des femmes qui se retrouvent avec le soir, les lèvres pâles, le front vide de pensées, les mains lasses ; qui mangent sans entrain ; et, leur repas fini, lisent un journal. Puis s'endormiront, rouleront dans un fleuve sombre qui, après les détours d'un décevant plaisir et du cauchemar, les ramènera vers les bords d'un jour pareil à d'autres jours, où leurs efforts aideront à créer un monde plus monstrueux qui les écrasera.

Dans une ville qui se transforme, enfle, et se pare, une vie pitoyable continue. Ville pleine de passé et d'art, trop avide, alourdie d'une joie facile et de fragiles richesses. Je me penche sur elle sans tendresse pour entendre des plaintes au milieu des rires, pour trouver une voie lumineuse parmi des rues noires.

L'école

J'avais trois ou quatre ans.

En atelier, ma mère piquait alors à la machine ; mon père tirait la voiture à bras. Ils me placèrent dans une garderie enfantine dont je ne conserve aucun souvenir. Mais maman aime à rappeler ces années qui furent celles de sa jeunesse. « Je t'habillais encore en fille, me dit-elle. Je te revois, quand tu as eu le prix de santé, avec ta robe de piqué blanc et ton écharpe écossaise. » La pension coûtait huit francs par mois. On me débarbouillait et on me changeait de culotte, au besoin ; on m'apprenait à chanter, on essuyait mes larmes ; le soir venu, on me ramenait chez moi.

A cinq ans, j'entrai à l'école maternelle.

En face de l'église Saint-Bernard, dans le quartier de la Goutte-d'Or, c'était un bâtiment à un seul étage, avec une cour où nous nous agitions comme des moineaux en cage, un préau triste, des classes étroites sur les vitres desquelles se fanaient des fleurs de papier.

Là, j'appris mon alphabet, peut-être à compter ? Je n'aimais pas la classe. Tout m'y était prétexte à distractions, et particulièrement les sifflements qui éclataient au milieu des leçons.

Les lignes du chemin de fer du Nord passaient à proximité. Matin et soir, derrière des gamins plus âgés, j'allais musarder sur un pont, à l'angle de la rue Stephenson. Quels jeux ! Nous nous jetions au-devant des nuages de vapeur que lançaient des locomotives, nous marchions en sifflant et traînant des pieds. Entre les hautes parois de maisons couleur de suie, comme au fond d'un ravin, luisaient des rails. Des convois manœuvraient, dociles aux indications des disques verts, rouges, blancs ; des ouvriers travaillaient, qu'un coup de trompe dispersait soudain. Des trains « éclairs » filaient sur Berlin et la Russie. « Là-bas, tu vois ? » m'expliquait un grand, le bras tendu vers la plaine Saint-Denis.

Ces beaux wagons sur lesquels brillaient les noms des capitales, ces rues où la fumée s'engouffrait, ces grondements, ces appels, tout me disait la joie des départs. Déjà, dessiner au charbon des locomotives sur les trottoirs ne me satisfaisait plus. Dans cette contrée, sillonnée par des trains, bifurquaient mes pensées. Toutes les occasions de musarder m'étaient bonnes. Celle-ci, entre plusieurs : avec des copains de la « laïque », livrer bataille aux élèves de l'école des frères de la rue Saint-Bruno, que nous appelions « des coincs ». L'un d'eux, qui habitait la maison où maman était depuis quelques mois concierge, m'avait traité publiquement de fils de pipelette ! Dans l'acharnement que je mettais à me venger, il m'arrivait souvent d'oublier la rentrée.

Un jour d'école buissonnière, je revins avec insouciance à la maison. « Déjà finie, ta classe ? » me demanda maman. « Oui. » Je ne savais pas encore lire l'heure : il était trois heures. Quelle correction !

Quand mes parents vinrent habiter aux Grandes-Carrières, je quittai la maternelle pour entrer à la grande école.

On l'apercevait de chez nous, avec ses murs blanchâtres, ses toits bleus, ses arbres, coin familier au milieu du monde inconnu des toitures et des immeubles. Chaque matin, au moment du départ, ma mère me disait en levant sa main : « Tu sais, de la fenêtre, je verrai si tu es sage. »

Mon école était située au coin de la rue Championnet et de la rue du Poteau. Elle était fort ancienne. Sa vieillesse avait assombri les murs, usé les planchers, elle pesait sur notre enfance ; nous en découvrions des signes sur les pupitres et les bancs où des élèves, morts peut-être, avaient gravé leurs noms. On ne trouvait de lumière que dans la cour, au sol recouvert d'asphalte, où les platanes faisaient songer à la campagne. Dans un coin, il y avait la cantine, dont nous respirions les odeurs de cuisine durant la récréation du matin ; le long d'un mur, des urinoirs et des cabinets qui empestaient ; mais nous y passions de nombreuses minutes pour fuir les leçons, attraper des mouches que nous enfermions dans des cages de verre.

Aussitôt mon arrivée, ce fut sérieux. Plus d'école buissonnière, plus de longues récréations et de rondes, plus de chansons apprises en chœur ni de gribouillages. Des lectures, des calculs, des devoirs ; des stations devant un tableau noir. Au lieu d'une maîtresse qui souriait, dont les gronderies même étaient douces, un homme qui interrogeait, commandait, menaçait, punissait, et souvent nous appliquait sur les ongles des coups de règle.

La classe était triste, imprégnée d'une odeur morte de poussière et de moisissure. Alignement de bancs et de pupitres où les encriers ouvraient leurs gros yeux ronds. Une armoire bourrée de cahiers neufs et de livres, trésors qui nous faisaient loucher. Des cartes coloriées contre les murs, que j'eusse trouvées jolies s'il ne m'avait fallu apprendre des noms de villes et de pays. Un portemanteau sur lequel on se précipitait pour choisir une bonne place. Sur l'estrade, dont les deux marches amincies gémissaient sous nos galoches, le bureau. Notre maître s'asseyait derrière. Il nous surveillait, et se dressait parfois, grave et redoutable, comme un juge.

J'étais fier d'être à la grande école, d'y entrer chaque matin, mon panier à la main, ma gibecière au dos. Mais que de soucis ! Nous voulions tous obtenir des bons points et la croix à la fin de la semaine, plus par gloriole que par amour de l'étude. Nous apprenions à être vaniteux et jaloux, à nous épier et nous « cafarder » ; nous nous devions de travailler avec une saine émulation, répétait notre maître. Quelque chose des luttes que nous aurions plus tard à soutenir dans la vie.

Pourtant, aux heures de récréations, dès le coup de sifflet qui nous libérait, nous nous retrouvions, gamins simples, heureux et brutaux. Mais on mettait un frein à notre ardeur en faisant piétiner chaque classe dans une étroite bande de terrain. Il fallait rester dans son « carré ». Nous nous échappions cependant, avec des ruses d'apaches. De temps à autre, le directeur sifflait. Ceux qu'il surprenait hors de leur territoire étaient collés au piquet, le nez contre un arbre ; et, sans pitié, nous les harcelions de sarcasmes.

L'année suivante, je « montai » en sixième. Je n'étais plus avec les petits — il y avait dix classes. Mon nouveau maître s'appelait M. Lamorie. Une grande perche d'homme, aux cheveux blondasses, au visage bleuâtre. Ma mère l'ayant rencontré dans la rue, m'avait dit : « C'est un poitrinaire. Et, du reste, vos maîtres le sont tous, c'est leur métier qui veut ça. »

M. Lamorie s'assoupissait derrière son bureau, ou avait des colères soudaines durant lesquelles nous devions nous tenir bras croisés, tête renversée, raides comme des statues. Il nous faisait la leçon de manière confuse, avec un débit fiévreux, si bien que nous n'entendions pas la moitié de ses paroles. Il fallait les lui redire, cependant ; lorsque nous hésitions, il nous commandait « d'aller au mur ».

J'y allais souvent. Je ne parvenais pas à apprendre tous les noms des héros qui emplissent notre histoire ; encore moins à retenir les dates de leur naissance et de leur mort. Je m'y reconnaissais mal dans les batailles où furent jetés nos ancêtres, de la conquête des Gaules à nos jours. Je n'étais vraiment sensible qu'aux récits de la guerre de 1870, parce que ma mère chantait quelquefois des romances attendrissantes sur nos défaites. Mais, dès qu'il s'agissait de reprendre aux Allemands l'Alsace et la Lorraine, c'étaient les paroles de mon père et celles de Tonton qui me venaient à l'esprit, eux qui criaient dans leurs réunions : « A bas l'armée ! »

Notre emploi du temps ne nous laissait aucun répit. Étais-je enfin délivré de l'histoire que les sciences me guettaient ; puis c'était l'orthographe, le calcul, la morale, l'instruction civique qui m'apprendrait à devenir un bon citoyen. Bref, il y avait toujours une leçon que je savais mal, un devoir difficile qui me tracassait. Et les punitions pleuvaient !

Un jour, un inspecteur et le directeur entrèrent dans la classe. Nous nous levâmes. « Asseyez-vous, mes enfants. » L'inspecteur nous interrogea à tour de rôle. Il me fit signe, m'attira contre lui. « Récite quelque chose. » Avec sa barbe qui tombait sur un pardessus à col de velours, sa cravate où une épingle scintillait, il m'intimidait. Mes parents m'ayant conduit une fois à *l'Odéon,* j'y avais entendu déclamer des acteurs; j'avais des dons pour les imiter, paraît-il. Je balbutiai : « Mon père, ce héros au sourire si doux... suivi d'un seul hussard... hussard... » L'inspecteur acheva de réciter ces vers de Victor Hugo. Il s'y trouvait un « Caramba » qu'il prononça d'une voix rude, et qui me fit tressaillir comme un reproche. Lorsque l'inspecteur fut parti, M. Lamorie me traita de cancre.

Cependant, quelques mois plus tard, lors de la distribution des prix, je reçus un petit livre : *La Dernière des Spartiates.*

Je passai en troisième. Là, le maître était un gros homme au visage réjoui et sanguin, orné de moustaches gauloises, vêtu de noir, avec une cravate lavallière. Son enseignement était bien plus simple à comprendre que celui de M. Lamorie, presque amusant ! Il y mêlait une foule d'histoires étrangères à notre emploi du temps. Il s'agissait des nouvelles quotidiennes, des faits de la rue, des événements qui troublaient des pays dont nous entendions les noms pour la première fois. Mon esprit engourdi s'éveillait au contact de choses vivantes.

M. Levesne arrivait en classe avec des journaux sous le bras. Il les lisait alors que nous travaillions. Il frappait du poing sur son pupitre, plissait son front, marmonnait. Un matin, nous le vîmes entrer en riant : « Clemenceau a été fichu par terre », nous dit-il.

J'avais alors pour ami le fils d'un maître. Il m'expliqua que M. Levesne était du parti socialiste-révolutionnaire, et son père républicain-démocrate, ainsi que notre directeur : M. Leborne.

Pendant les récréations, M. Levesne et le maître d'une petite classe restaient à l'écart de leurs collègues.

Doucement, je m'approchais d'eux qui disputaient comme Tonton et mon père ; avec quels frémissements je les entendais prononcer les mêmes paroles. M. Levesne me criait : « Va jouer ! » J'avais envie de lui dire que plus tard, moi aussi, je serai de son parti.

J'arrivais à l'école vers huit heures du matin ; j'en sortais à six heures du soir. Sauf le jeudi et le dimanche. Ces jours-là, de notre fenêtre, je regardais l'école en imaginant un incendie formidable qui la détruirait. Le feu n'éclatait pas. Il me fallait y retourner le lendemain.

Je déjeunais à la cantine. Dans un préau qui me semblait vaste, des tables, des bancs de bois blanc. Des gamelles et des assiettes de fer. Une nourriture qui préparait déjà à celle de la caserne : lentilles, riz, nouilles, patates ; du pain rassis et de l'eau. Pour ce maigre repas, auquel je ne touchais que du bout des lèvres, je versais trois sous. J'étais fier de ne pas être nourri aux dépens de la Caisse des Ecoles, de ne pas en recevoir des tabliers, des galoches ; fier de compter parmi les payants, comme d'un signe de richesse. De mon panier, tout taché de vin, de fromage, de confiture, je tirais du dessert.

Durant le repas, malgré le surveillant qui recommandait de ne jamais gaspiller le pain, nous nous lancions des boulettes. Vraiment, nous avions moins souci de manger que de jouer. A peine lâchés dans la cour, nous poussions des braillements en guise de cris de guerre et les cavalcades, les poursuites, commençaient. Quelles cachettes on trouvait dans les cabinets ! Nous jouions à la toupie, au sabot, au bilboquet, puis à saute-monton ; nous tombions souvent, bah ! nous étions contents d'avoir des genoux couronnés. Mais

M. Leborne, directeur hargneux et maigrichon, au crâne chauve sous sa calotte, donnait un coup de sifflet. Il criait d'une voix de tête : « Rassemblement !... Au pas. Un ! deux !... Silence dans les rangs. »

Après un défilé, nous remontions en classe et travaillions jusqu'à quatre heures. Les camarades partaient. Moi, je restais à la garderie avec quelques autres élèves.

Nous allions au préau manger notre pain sec, bâcler nos devoirs, apprendre mal nos leçons. L'hiver, nous nous installions près d'un grand poêle de faïence, sous un bec de gaz dont le manchon grésillait. Alentour, le froid, l'ombre ; nous demeurions serrés les uns contre les autres, écoutant le lent tic-tac de l'horloge qui emplissait le silence. Des bruits sourds montaient du dehors. La pensée que nos camarades étaient libres, l'énervement d'une journée d'obéissance, l'isolement et la fatigue, rendaient interminable notre attente. Enfin, six heures ! Nous nous bousculions pour sortir et retrouver la rue. Aux fenêtres, les lumières brillaient. J'en distinguais une entre toutes, perdue dans le ciel, qui était celle de notre foyer.

Monter vite cinq étages, embrasser maman. Nous nous racontions notre journée. Je me plaignais des punitions qu'on m'infligeait, notamment de celles du surveillant de la garderie, qui me collait au mur, au fond du préau ténébreux. Parfois, maman allait trouver le directeur, auquel elle faisait une scène, criant que j'étais la bête noire de certains et qu'elle ne laisserait pas martyriser son enfant.

Les mois s'écoulaient, avec des fêtes et des jeudis ; illuminés ou assombris, selon les notes de mon livret ; enrichis d'une nouvelle amitié ; égayés de la venue hebdomadaire du professeur de dessin dont j'aimais par-dessus tout les leçons. J'étais parmi les grands, à la veille d'obtenir mon Certificat d'Etudes. Lors de la rentrée, en riant, je regardais arriver des nouveaux, accompagnés de leur mère.

Je ne collectionnais plus les billes de verre, les timbres-poste. Je ne lisais plus régulièrement, dans des livraisons illustrées, les exploits du détective Nic-Carter, du colonel Buffalo-Bill, de Sitting-Bull, dernier des Sioux. Mais je possédais l'argot de l'école ; je faisais partie d'une bande que redoutaient les élèves des classes inférieures ; j'affectais d'être négligent, frondeur, et, comme nous disions, dessalé !

Champigneules était le plus malin sur des questions qui commençaient à beaucoup nous tracasser. Il nous apparaissait comme un colosse, noir de peau, large d'épaules, capable, s'il l'eût voulu, de « tomber » le maître. Quel bonheur de rester un mois près de lui, au fond de la classe, avec les cancres.

Champigneules écrasait des boules puantes, bouchait les encriers, coupait les courroies des gibecières, chipait des plumiers et nous faisait bénéficier de ses vols. Mais nous n'avions de cesse qu'il se livrât à un amusement que je n'étais pas le dernier à souhaiter. Il semblait ne pas comprendre ; l'un de nous disait enfin : « Champigneules, montre ta marchandise. »

Une colonne le cachait du maître. Il se levait, dressait sur le pupitre son sous-main et, à l'abri, déboutonnait sa braguette. Il en tirait un membre brun, en souriant, certain d'être plus homme que nous autres. Il le roulait, faisait mine de le scier à l'aide d'une règle, de l'envelopper dans un buvard, de nous l'envoyer avec un ricanement : « Qui veut de la saucisse ? »

Personne ne répondait, personne ne riait. Moi, le rouge brûlait mes joues, ma gorge se serrait ; les dessins obscènes que j'avais vus dans des pissotières passaient devant mes yeux.

Et puis Champigneules avait une « vraie poule », aux cheveux courts, au visage maquillé, vêtue d'une robe longue ; un soir, nous les avions regardés s'embrasser. Nous, nous allions attendre les filles à la sortie de leur école. Nous les accostions, mais elles nous rabrouaient ; nous leur disions alors des mots grossiers, les « cochonneries » que nous apprenait Champigneules. Elles se hâtaient, nous les suivions sournoisement jusqu'à leur maison.

Chaque année, le professeur de musique organisait la fête de la distribution des prix.

Auprès de nos maîtres, il avait l'allure artiste, avec sa barbiche, ses cheveux coupés en brosse. Il nous faisait apprendre des morceaux de sa composition que nous répétions toutes les semaines. J'avais l'oreille musicale, aussi étais-je l'un des élèves préférés de M. Mouchez. Il me recommandait de ne jamais écouter les chanteurs des rues si je voulais bien chanter ses œuvres. « *L'Air du Chat* », par exemple : « Je ronronne avec raison, car j'ai de tout à foison. » Au refrain, je me mettais à miauler en cadence : « Ra ma miaou ! Ra miaoumiaoumiaou mia ou ! »

Le grand jour arrivait.

Une estrade était dressée au fond du préau, sous le buste de plâtre de la République ; des guirlandes et des faisceaux de drapeaux cachaient les murs grisâtres ; les prix s'empilaient sur des tables recouvertes de drap vert. Au centre de l'estrade, assis dans un fauteuil, se tenait un homme qui portait une écharpe tricolore, un gros personnage, délégué cantonal ou conseiller ! M. Leborne et ses collègues, en habit noir, l'entouraient, avec leurs femmes très pomponnées. La foule s'entassait sur les bancs. Nous autres, élèves, étions rangés par classe, les yeux fixés sur nos prix.

M. Leborne faisait un discours, peu différent de celui que nous lui avions entendu débiter toute l'année. Puis l'homme à écharpe tricolore se levait, et d'un ton compassé ressassait les paroles du directeur. Il nous félicitait, nous promettait à tous le succès. Aux premiers de chaque classe, il remettait lui-même la couronne et les prix. Une fois, je connus cet honneur. « Continue à bien travailler, mon enfant. Plus tard, tu seras comme moi. »

M. Mouchez levait le bras, et, sous ses ordres, commençaient les réjouissances ; il exécutait même un « solo de violon ». Au début de la cérémonie, nous braillions la *Marseillaise* ; à la fin, le *Chant du Départ*.

Venaient alors trois mois de liberté.

Pour ceux qui ne pouvaient aller à la campagne existait une école de vacances. J'étais de ce nombre. On tournait et on jouait dans une cour poussiéreuse, on s'asseyait sous des platanes dont tombaient déjà les feuilles jaunissantes. Quelquefois, le surveillant nous emmenait visiter un musée. Le Louvre, où nous traînions de salle en salle, devant des tableaux et des statues dont il fallait se rappeler les auteurs ; Cluny et Carnavalet, pleins de vieilleries qui sentaient le cimetière ; les Invalides, avec leur bric-à-brac glorieux qu'on nous disait d'admirer et de saluer. Dans ces longues galeries étouffantes, je rêvais d'un séjour au bord de la mer...

L'été passait ainsi. Octobre amenait la rentrée.

Quand j'eus douze ans, mes parents commencèrent à parler fréquemment de mon avenir.

Mon père consultait ses amis pour savoir quel métier me faire apprendre ; maman eût voulu que je devinsse instituteur. « Il choisira, tranchait mon père. Voyons, qu'est-ce que tu veux ? » Je n'hésitais pas devant ce grave problème : « Moi, je veux quitter l'école. »

Je connaissais toutes les classes ; j'y avais vu se succéder les maîtres, bons ou mauvais. J'allais partir, muni de mon Certificat d'Etudes, fier d'avoir été reçu un des premiers au Cours Complémentaire. J'avais un bel avenir devant moi. Quelle hâte je me sentais à le vivre !

Je dressais le bilan de mes richesses. Certes, j'étais plus instruit que mes parents, qui savent tout juste lire et écrire. Le soir, moi qui étais capable d'extraire des racines cubiques, je faisais les comptes de mon père qu'embarrassaient toujours ses calculs de cocher-livreur ; si maman lâchait son journal pour me demander un renseignement, je le lui donnais sans hésitation. On n'était pas moins orgueilleux de mon intelligence que de mes dispositions pour les arts d'agrément. Je pouvais dessiner un objet usuel, et même saisir la ressemblance dans un portrait ! Je savais des poésies de François Coppée, Jean Aicard, Jean Richepin, que je récitais à la fin des dîners de famille ; et j'avais lu des romans d'Hector Malot, d'Erckmann-Chatrian, d'André Theuriet, d'Edmond About. Plein de confiance, je me répétais les paroles de mon directeur : « L'instruction vous ouvrira toutes les portes. »

Elle m'ouvrit celles d'un atelier de serrurerie où l'on faisait la journée de dix heures...

Cependant, trois fois la semaine, le soir, je revins à mon école suivre les cours de dessin industriel. La salle d'études se trouvait sous les combles. Pour s'y rendre, il fallait monter des escaliers où ne retentissaient plus les bourdonnements ni les chants. Je ne m'attristais point du silence, j'avais d'autres soucis ! Sur les murs, une ombre me suivait, le fantôme de l'écolier que je n'étais plus.

Bien vite, j'abandonnai l'étude du dessin industriel. J'avais demandé à maman de se faire inscrire à la Bibliothèque Municipale; je n'allais plus à l'école que pour emprunter des livres. Mon ancien directeur me choisissait des œuvres d'Alexandre Dumas, d'Octave Feuillet, de Jules Verne. Puis mon contremaître me conseilla de lire des romans de Zola. Malgré les grognements de M. Leborne, j'en cherchais les titres dans le catalogue. Et, l'un après l'autre, je les dévorais...

Un an plus tard, un samedi après-midi, je retournai dans la classe où mon dernier maître faisait la leçon.

Je portais un pantalon long et une casquette. J'avais changé de costume, mais davantage encore d'esprit. Rien de ce qui se disait ne m'intéressait plus; de ce bagage de connaissances dont on m'avait bourré la tête, de « l'instruction » qui plus tard me devait aider, pas grand-chose me restait! J'espérais retrouver quelques anciens camarades. Mais nous nous étions dispersés pour gagner notre pain.

Il me semblait être dans un milieu fermé et vieillot où l'on apprenait sagement la morale et l'histoire, où la vie se présentait sans violence, dans une atmosphère tiède que viciaient la coutume et les légendes. A l'atelier, j'avais rencontré des hommes; leurs paroles et leurs actes m'enseignaient une mâle vérité. L'avenir ne s'ouvrait pas devant moi comme le promettaient nos livres; les succès, les applaudissements, les événements glorieux ne m'y attendaient pas.

Une autre expérience commençait...

Dix-neuvième arrondissement

I

C'était une joie, le dimanche, lorsque mes parents m'annonçaient que nous irions à Belleville, chez la tante Tollard. Elle tenait, en haut de la rue de Ménilmontant, un fonds de mercerie-papeterie où maman et ses frères, orphelins, avaient passé leur jeunesse. Pour s'y rendre, à cette époque, on prenait le chemin de fer de ceinture.

Ce voyage m'emplissait de trouble. Moi qui ne pénétrais jamais dans une gare, pas même lors des grandes vacances, j'entrais joyeusement dans celle du boulevard Ornano. Une machine soufflante arrivait, tirant de vieux wagons que je jugeais splendides, même ceux des troisièmes, où nous montions. Je mettais le nez à la portière. Hélas, la locomotive couvrait de brouillard le paysage, maman me commandait de m'asseoir. « Tu vas être noir comme le charbonnier. » Bientôt, je lui demandais : « Dis, on approche ? » Elle me répondait : « Allons, ne fais pas la bête, tu sais qu'on traverse d'abord le tunnel des Buttes-Chaumont. »

On passait près de la porte de la Villette. « Nous voilà dans le dix-neuvième », expliquait mon père. J'ouvrais les yeux ; nous entrions en pays étranger. Au bord d'un canal, se dressaient des usines ; des chalands glissaient, beaucoup arboraient un drapeau belge. Brusquement, après la station de Belleville-Villette, le train s'engageait dans une tranchée en lançant un coup de sifflet, comme un adieu à la lumière. Je ne bougeais plus jusqu'au moment où la clarté du jour réapparaissait. Quand nous débouchions du souterrain il fallait se lever, nous arrivions à la station de Ménilmontant.

Une gare de province, avec des lumignons, des disques, une cour déserte ; et, alentour, des ruelles silencieuses que dominait la flèche de Notre-Dame-de-la-Croix. Une impression de dépaysement m'angoissait, puis m'exaltait. Nous montions la rue de Ménilmontant, moi marchant à reculons pour découvrir Paris que je connaissais mal. Le 104 était un immeuble du siècle dernier, à deux étages ; au rez-de-chaussée, une petite boutique étalait des bimbelots et des rubans.

La tante Tollard, ridée, moustachue, ratatinée, toujours vêtue de noir, était encore active, fort bavarde. Sous le second Empire elle habitait déjà ce quartier — tandis que son mari dormait depuis longtemps au cimetière de Belleville. Elle me jugeait assez grand garçon pour me confier ses souvenirs. Lorsque nous avions déjeuné — le voyage me mettait en appétit, ma tante s'écriait : « Eh ! tu vas te faire des boyaux comme des manches de chemise » — après le café, elle me parlait de la Commune.

Sa voix grêle s'affermissait, son visage terne se colorait. « On se battait à Belleville, disait-elle, au Père-Lachaise, partout, jusque devant ma porte ! Les Versaillais arrivaient, pan ! pan ! les fusillades. Eux ne faisaient pas grâce, s'ils te trouvaient avec des mains noires — elle étendait les siennes, sèches et usées — si tu sentais la poudre — elle reniflait — ils te jetaient contre un mur, et douze balles dans le corps, mon petit, comme à un traître. Pire que les soldats de Bismarck !

Moi, j'ai sauvé un communard en le cachant dans notre puits, tandis qu'on perquisitionnait ; je lui ai donné des vêtements de mon mari. Je l'ai revu plus tard, c'était un brave ouvrier. »

Un dimanche, elle me conduisit rue Haxo, où l'on avait fusillé « les otages » ; au Père-Lachaise, devant le mur des Fédérés d'où se détachaient des fantômes. « Douze balles, mon petit, voilà ce qui m'attendait, ça ne m'a pas empêché de faire mon devoir. »

Ses récits chaleureux me changeaient de ceux que faisait à l'école un maître indifférent. Ils prenaient dans mon cœur la place que tiennent les histoires des aventuriers, des martyrs, des héros ; ce sont eux qui m'ont appris à aimer, à haïr, qui me poussent encore dans les rues de Ménilmontant ou de Belleville.

Par de beaux soirs d'été nous rentrions à pied aux Grandes-Carrières.

Ma mère me confiait : « La tante, elle radote, mais c'est vrai qu'en 71 elle a eu un courage que n'ont pas tous les hommes. Il lui en a fallu ensuite pour nous élever tous, et venir en aide aux voisins. Ce n'est pas elle qui a cherché la fortune ! » Etait-elle de bonne humeur, maman évoquait aussi ses souvenirs. « J'allais au vieux lavoir de la rue Boyer : le petit Palais-Royal ; tu penses, je n'osais pas m'installer au grand avec les blanchisseuses ! Souvent, je me levais à quatre heures pour aller aux messageries prendre les paquets de journaux. » Elle soupirait. « Oh, j'ai vadrouillé dans le quartier. Maintenant, je ne pourrais plus y vivre. On ne se croit pas à Paris. »

Mon père proposait de traverser le parc des Buttes-Chaumont. « Il n'y en a pas deux pareils ! s'écriait-il. Toto, ouvre la bouche pour bien respirer, c'est de l'air pur. » Après la place d'Allemagne, sur les boulevards extérieurs, nous entrions en pays connu. Je songeais encore à celui que nous venions de quitter et souhaitais y entraîner un jeudi mes camarades. Toujours il s'y refusèrent. Dans ce quartier lointain, ils n'avaient pas une tante qui cachait au fond d'un puits des soldats de la Commune et leur prêtait un déguisement.

Je suis resté de longues années sans connaître mieux le dix-neuvième.

Ma tante, retirée du commerce, vivait pauvrement dans une chambre, rue de la Mare. Le dimanche, elle venait nous voir et nous donnait des nouvelles de Belleville. Elle se disait heureuse de sortir enfin, après un demi-siècle d'esclavage! Mais un regret perçait dans ses paroles; et les transformations auxquelles elle assistait la bouleversaient. Un temps arriva où son esprit battit la campagne. Elle ne bougea presque plus et nous retournâmes rue de la Mare.

En 1914, on ne prenait plus le chemin de fer de ceinture, mais une nouvelle ligne de métro. J'avais grandi, je savais quelles aventures on peut rencontrer dans les rues, quels drames on y frôle. Nous descendions à la station Botzaris. Face à la sortie s'étendait un terrain vague où l'on avait découvert autrefois une femme coupée en morceaux : Nana. Quelques bicoques, à l'angle de la rue de Crimée. Derrière le réservoir des Buttes-Chaumont, des ateliers mystérieux où se fabriquaient les films qui m'émerveillaient chaque semaine.

Dans une chambre qui sentait le pipi de chat, le pétrole, le marc de café, je retrouvais ma tante. Elle n'y voyait plus beaucoup, entendait mal, perdait la mémoire, et j'étais devenu le dépositaire du souvenir dont elle s'était nourrie et qui avait conquis mon enfance. A Paris, nous avons tous notre village. Ma tante se lamentait. « Je me plaisais mieux à Ménilmontant. Ici, jamais je ne pourrai m'habituer. » Cependant, l'après-midi, avec quelques vieilles de l'Assistance, elle se risquait rue des Pyrénées et gagnait les Buttes-

Chaumont, s'arrêtant devant des immeubles neufs — de vraies casernes ! recherchant partout des traces de son passé. Elle nous racontait ses découvertes, en posant sur nous un regard égaré. Mon oncle Louis, qui habitait rue Fessart, répondait : « Que veux-tu, faut que Belleville marche avec le progrès. D'ici dix ans, on sera comme dans le centre ; mais nous aurons toujours plus d'air. » Il faisait de la politique, prédisait pour le dix-neuvième la prospérité, conseillait à maman d'y revenir s'installer. « Toi, une Bellevilloise ? » Ma tante sommeillait...

Depuis, vingt ans bientôt se sont écoulés. Mon oncle peut se réjouir. Il n'y a plus guère de terrains vagues, les maisons qu'aimait la tante sont en ruine. Belleville est pourtant resté un faubourg qui ne connaît pas encore l'opulence.

Ma tante y est morte en 1923.

Elle dort au Père-Lachaise où sa famille avait un caveau, non loin du mur des Fédérés. Chaque année, défilent devant elle des hommes qui eussent aimé ses récits. Quelquefois, nous allons sur sa tombe. Nous prenons les rues qu'elle a suivies ; comme le paysan qui va de sa maison au cimetière, nous rencontrons partout les silencieux témoins de notre vie. Nous allons en pèlerinage rue Sorbier, rue des Cascades, rue des Envierges, rue du Retrait, rue de l'Ermitage. On abat les masures, les vieux s'en vont mourir Dieu sait où. On construit des immeubles qui cachent le ciel, des hôtels où les jeunes commencent une carrière d'homme. Prisons de la fatigue et du sommeil. Je ne crois pas découvrir un monde meilleur.

Un soir, dans ce logement que nous occupions depuis quinze ans, mon père arriva, porteur d'une bonne nouvelle. En faisant à Belleville sa tournée, il m'avait déniché un atelier où enfin je pourrais peindre.

Bientôt, je m'y installai. Comme pour aller chez mon oncle Louis, il fallait descendre à Botzaris. Mais remonter la rue de Crimée qu'un pont traversait : la rue des Mignottes. Là où naguère s'étendaient des jardins, un entrepreneur de menuiserie avait édifié hâtivement une cité industrielle. Trois groupes de bâtiments construits en planches, verres, briques, avec eau et force motrice, compartimentés judicieusement, chaque artisan dans sa case. Où chantaient autrefois des oiseaux, dix heures par jour retentissait le vacarme.

Avec l'aide d'un camarade, je faisais des travaux de décoration, tandis que dans la cité ronflaient les moteurs. Mes voisins, horlogers, hurlaient des romances qu'un cartonnier accompagnait sourdement, à coups de balancier.

Au crépuscule, la rumeur me paraissait grandir et bourdonnait à mes oreilles comme la mer ; ouvrais-je le vasistas, elle envahissait l'atelier, et des odeurs d'huile, de colle, d'acide, entraient. Partout s'allumaient les lampes aux auréoles vertes, bleues, les globes où du métal semblait entrer en fusion. Derrière les vitres étincelantes des bâtiments s'agitaient des ombres. Hommes courbés sur leurs étaux, serrant avec des gestes précis, dans leurs mains transparentes, des objets mystérieux, les polissant jusqu'à ce qu'ils eussent l'éclat du diamant. Des femmes se penchaient sur des machines agiles qui tissaient autour d'elles un voile soyeux, des bobines multicolores déroulaient leurs fils ; et parfois, au milieu de ce décor, le visage d'une jeune « lunévilleuse » était celui d'une fée.

Soudain, éclataient des coups de sifflet. Les longues courroies de transmission s'immobilisaient ; les métiers cesaient de tourner ; les lampes s'éteignaient ;

l'ombre, le froid, le silence, gagnaient la cité. Ouvriers et ouvrières la quittaient. Ils s'enfonçaient dans la nuit, déchus, inutiles, et las. Quelques artisans s'acharnaient au travail, leurs lampes brilleraient jusqu'à minuit. Ensuite la cité était un cimetière où la vie n'entrait plus avant l'aurore...

Un jour vint où je ne pus en supporter davantage l'atmosphère. Et mon camarade trouva, boulevard Sérurier, un logement avec atelier.

C'était dans un groupe de maisons ouvrières que nous avions vu bâtir lorsque nous allions flâner sur les pentes de la Butte-Rouge et manger des frites dans les guinguettes du Pré-Saint-Gervais. Une façade donnait sur la zone, l'autre sur la rue de l'Orme. L'immeuble était silencieux ; nous allions y travailler en paix.

Mais, un mois plus tard, quand les locataires eurent tous emménagé, les cris, les discussions, les galopades du matin au soir, ne laissaient plus aucune tranquillité. Nous faisions partie d'un milieu où la vie apparaissait sans horizon. Entre les toits pointus des bâtiments nous contemplions tous le même ciel.

Mon camarade et moi n'avions pas à regarder l'heure ni à écouter notre fatigue pour cesser le travail. Les gosses revenaient de l'école, dans chaque escalier les galoches tapaient sur les marches ; puis des hommes rentraient en jurant, en claquant les portes. De bonnes et de mauvaises odeurs flottaient : celles de la soupe ou celles des « waters ». Sept heures, le moment de dîner, bientôt celui de se coucher.

Aux fenêtres innombrables de la cité les lumières, une à une, s'éteignaient. Un air épais semblait descendre. Le portier, coudes sur la table, ronflait dans sa loge où l'on ne mettait les pieds que pour payer son terme et parfois prendre une lettre dans un haut casier numéroté. Devant la grande porte, un alignement de boîtes dans lesquelles on entassait à coups de talon les ordures ; mais la pourriture d'une journée montait, débordait, s'étalait sur le sol, et des matous galeux s'en faisaient un lit.

Deux trimestres ne s'étaient pas écoulés que la cité avait perdu sa fraîcheur. Les murs des escaliers étaient éraflés par les meubles ; des tracts révolutionnaires, des inscriptions grossières, des traces de doigts, les souillaient ; des traînées de couleur y dessinaient des paysages. Les marches aux carreaux de faïence blanche se couvraient de crasse. A chaque étape, sur la galerie desservant les logements, le vert joyeux de la rampe s'éteignait, les portes se tachaient de boue et de graisse, et aux fenêtres, çà et là, du papier remplaçait une vitre.

Le matin, sitôt partis leurs hommes, les ménagères poussaient dehors leurs ordures qu'elles projetaient dans la cour d'un coup de balai, malgré le règlement. Les locataires du dessous protestaient. Elles se réunissaient sur la galerie pour cancaner, rire, disputer, se plaindre. Une cité mal construite, toute de pierre et d'acier, une vraie prison ! Comme si l'on était des sauvages ! Quand les gosses glissaient sur ces marches dont une cornière de fer garnissait l'angle il y avait de quoi se fendre le crâne ! Le lavoir, au sous-sol, ne fonctionnerait jamais ! La garderie resterait en plan ; du reste, autant que les enfants bataillent dans la cour, malgré les menaces du gardien. Bref, on avait tout juste le nécessaire. « Et merde ! ils nous doivent bien ça. »

Cependant, le matin, la grande cour était balayée, les boîtes à ordures remisées ; aux fenêtres, comme des pavillons bariolés sur un navire, flottaient des linges. Quelquefois, le soleil réussissait à percer ; les murs de briques roses brillaient. Hélas, plus souvent tombait la pluie ; un nuage de suie fanait les rideaux à fleurs, une lumière morne tuait l'espérance.

Et il fallait se remuer, courir aux provisions, cuisiner, coudre, torcher les marmots ! C'était la vie de la tribu, tracassière et collective. Chacun calomnié, jalousé, méprisé. Ou des camaraderies folles : « amis comme cochons », les femmes passant ensemble leurs journées, les hommes se rejoignant au bistrot, jusqu'au soir de brouille où dans l'escalier éclatait l'engueulade, tandis que les locataires riaient.

Impossible de s'isoler. Des murs de carton, des portes mal jointes, des fenêtres ouvrant sur la galerie, des cabinets communs. Comment résister au désir d'épier son voisin ? Ah ! la vie est pour tous semblable. Du travail, du sommeil, de la mangeaille.

L'amour, la maladie, la naissance, la mort, les bonnes et les mauvaises nouvelles, une rumeur ou des confidences qui volaient de bouche en bouche, de porte en porte, les annonçaient.

Au jour d'une mort, la collecte. Puis, devant la loge où le portier collait sur le mur les avis et les faire-part, une couronne blanche avec un ange de porcelaine, une couronne noire pour les adultes. Une fenêtre demeurait volets clos. On restait tranquille un moment. « Tiens-toi, sale môme, tu sais bien qu'il y a un mort. » Les femmes oubliaient leurs querelles, ah ! pour ce qu'on est sur terre. Dans l'escalier soufflaient les croque-morts ; à chaque palier, les gosses se penchaient sur la rampe, en chuchotant. Des ménagères endimanchées, quelques ouvriers sans travail, se joignaient à la famille. Le cimetière de Pantin n'était pas loin, des fenêtres de l'immeuble on l'apercevait, autre cité à bon marché où l'on vous accordait un bail de cinq ans.

En revanche, on connaissait de joyeux monuments. Le samedi, on s'attroupait sous la grande porte pour regarder passer un jeune locataire et sa promise, heureuse sous son voile. « En blanc. » Des femmes marmonnaient. La noce s'installait dans un char à bancs — une auto pour les noces chic — tandis que la marmaille hurlait : « Vive la mariée ! »

Parfois, le ménage s'établissait dans la cité. Les commères tentaient de lier conversation avec la jeune épouse : une pimbêche, ou une petite très gentille, toute à son homme, dans sa lune de miel. « Ça lui passera comme aux copines. » Un matin, elles lorgnaient sa taille, en ricanant ; les hommes murmuraient : « Elle a le ballon. » Le tour est joué. Dans la cité, les cris d'un nouveau moutard...

Au Quatorze-Juillet, au jour anniversaire de l'Armistice, le portier posait de chaque côté de la grande porte un faisceau de drapeaux que les enfants bombardaient d'ordures dès qu'il avait regagné sa loge. Il en ressortait brusquement, un fouet à la main, maudissant cette vermine avec des injures d'ancien rempilé. Les mères criaient mollement aux gosses de se tenir tranquilles. Pour elles, ces drapeaux rappelaient quatre années de misère, sans leurs hommes. Lorsque ceux-ci rentraient : « On n'est pas des rempilés, nous ! C'est une bannière rouge qu'il nous faudrait. » De saison en saison, personne ne prêtait plus attention aux drapeaux ; ils pendaient, comme des loques déteintes aux fenêtres des galeries.

Mais on célébrait fidèlement le premier Mai.

Sur la Butte-Rouge des fortifs se déroulait la cérémonie qui amenait la grosse foule et ses orateurs. Des militants, des vendeuses d'insignes, des crieurs de journaux, circulaient. A l'écart, un bataillon de flics. Pour les gosses, c'était le branle-bas et la galopade ; pour les femmes, l'inquiétude, à cause des hommes qui manifestaient. Soudain retentissait l'*Internationale*. On la chantait aussi le dimanche, des enfants hurlaient la *Jeune Garde,* mais des rengaines couvraient alors leurs voix. Le premier mai, une cité sans Dieu ni maître, enfin avait son chant et un avenir.

Le lendemain, reprenait l'existence monotone, ployée sous le poids de servitudes, d'efforts, de révoltes avortées. Chaque jour retrouver des visages ternes, entendre une rumeur qui trahissait des souffrances, une clameur qui avouait des désespoirs, un bruit qui ne cessait pas. Jamais le silence, si ce n'est celui du sommeil ; jamais la solitude, la liberté.

Chaque mois, de nouvelles bâtisses cachaient l'horizon. Je ne découvrais partout que laideur ; j'écoutais des cris qui n'avaient plus ni drôlerie ni imprévu. Ces gosses au teint blême, au corps chétif, n'annonçaient pas un meilleur avenir. Déjà accoutumés aux promiscuités et aux chicanes, plus mûrs pour le vice que pour une délivrance, et ne connaissant de la campagne que la plaine pouilleuse du Bourget.

Habitations à bon marché ! « H. B. M. » On y faisait bon marché des vies !

Dans un cercle d'immeubles, une cour avec des plates-bandes à verdure chlorotique, quelques pots à fleurs sur un sol de ciment. Des escaliers, des galeries, tous pareils. Aux jours d'ivresse, on entrait dans un logement, n'importe lequel. Bah ! c'était partout la même termitière ; ici, plus loin, on pouvait commencer une existence, continuer avec une autre femme, un autre homme...

Depuis plusieurs années mon camarade et moi avons eu la veine de pouvoir quitter l'H. B. M. du boulevard Sérurier.

Rares sont les locataires qui émigrent. Tous restent dans leur coquille, presque des morts dans la fosse commune. Les couleurs ternissent, les murs s'encrassent, une plus lourde atmosphère pèse, personne ne peut se payer le luxe de déménager. On se répète que de malheureux copains habitent encore des taudis. Les torchons, les linges qui flottent aux fenêtres, les crêpages de chignons, les observations du portier, les gueulements, les puanteurs, le manque de ciel, on s'en fout !

On a sa case, sa place, sa pauvre place dans le monde, et on arrive à joindre les deux bouts. Aujourd'hui, qui choisit son destin ?

Ensuite, je vécus au Hameau des Bois.

C'était, entre la rue de Romainville et la rue des Bois, un lotissement où de petits bourgeois, des artisans, des rentiers soucieux de bons placements, faisaient construire des villas et des immeubles de rapport. Je demeurai dans l'un d'eux.

Auparavant, ce terrain était un parc. On n'y trouvait plus maintenant ni arbre, ni verdure. De laides maisons prétentieuses s'y élevaient, dans le goût des lotissements riches au bord de la mer. Deux rues étroites étaient défendues par des écriteaux : « Voie privée interdite. »

J'avais vu construire le hameau ; abattre des acacias ; raser, niveler, bâtir. Peu à peu, en désordre, avaient poussé sur du sable les cages à hommes, modernes ou rustiques, décorées ou nues. Matériel de série, revêtements de ciment imitant la pierre de taille, deux épaisseurs de briques creuses. Grilles, balcons, volets, partout un mauvais souci d'art, les signes de la propriété. Du beau parc restaient des terrains vagues où les entrepreneurs versaient leurs déblais, où des vieilles cherchaient du bois. De semaine en semaine, s'y ouvraient de nouveaux chantiers.

C'est ainsi que le monde s'organise et que les hommes affirment leur puissance. Au Hameau des

Bois, comme ailleurs, ils s'unirent en une Association de Propriétaires, eurent un syndic, des assemblées, pour se défendre contre un lotisseur plus roué qu'eux, faire respecter leurs droits par la Ville, et préparer leur avenir. Je fus de l'une de ces réunions. Tous les propriétaires y assistaient, graves, comme si le sort du quartier dépendait de ce débat. Après quelques singeries pour l'élection du bureau, on se chamailla, chacun défendant ses intérêts. Celui-ci possédait dix mètres de façade, celui-là vingt-cinq ! L'un voulait qu'on plaçât devant sa villa un lampadaire ; un autre qu'on empêchât les étrangers de traverser le hameau. Le sens de la propriété, mieux que l'alcool, tournait leurs têtes.

On finit par s'entendre. Ces créateurs de ville, avec persévérance poursuivirent leur idéal. Aujourd'hui, ils peuvent être fiers de leur œuvre. Rien n'offense les yeux, pensent-ils. Les rues sont propres, les maisons ont un « cachet original » — chacun a su mettre dans la sienne la marque d'une personnalité !

Cette fausse ordonnance, ces vertus, ce bonheur qui isole, pour moi sont fades. Le matin, des femmes de ménage se remuent, des bonnes partent pour le marché, des dames à perruque ou à cheveux teints promènent leurs toutous. Durant le jour, calme plat. Le soir, des propriétaires rentrent en auto ; des amis viennent admirer les villas. On rit, on chante, on joue du phono. On se dispute, mais on se serre les coudes. On fait partie de l'Association comme d'autres d'un groupe d'anciens combattants, on a des statuts, des réunions, un but, et un motif de s'estimer : dans l'arrondissement, c'est le seul coin qui rappelle Auteuil !

II

J'habite si loin du « centre » ! La vie de Paris et mes camarades ne viennent pas jusqu'au Hameau des Bois. Aussi, je passe de longues heures à voyager dans le métro, qui tard le soir me ramène à Belleville.

Jusqu'à la gare de l'Est, le parcours est monotone. Là, je prends le couloir de correspondance, me précipite dans l'escalier : un convoi approche. Sur un palier, vite je baisse la tête : la Villette ou Pré-Saint-Gervais ? Bleue est la couleur de mon destin. Mais parfois, distraitement, je monte dans un train au signal orange et je roule vers les rives du canal de l'Ourcq et le Pont-de-Flandre.

Je m'assieds rarement. Le visage collé contre la vitre, je regarde les parois de ciment du souterrain. Des traces d'humidité y apparaissent, dans une lumière blême, comme des paysages de l'au-delà. On perce ces voûtes pour retrouver en esprit des lieux humains. Du reste, la voie suit des routes connues, en prêtant bien l'oreille on entend des bruits de pas. Bientôt, la ligne numéro 7 se divise et ses deux tronçons partagent le dix-neuvième. Une minute plus tard, je flaire une odeur de vase, on traverse le canal Saint-Martin ; on atteint la place Jean-Jaurès où la ligne aérienne Nation-Dauphine se lance sur les boulevards extérieurs que fréquentent des filles et des marlous ; puis, par l'avenue Secrétan, la voie arrive à la station Bolivar où en 1918 — qui s'en souvient ! — soixante personnes périrent au cours d'un bombardement.

Il faut un peu d'habitude et d'instinct pour prendre plaisir à ce voyage. J'aime le sous-sol de Paris, ses égouts autant que ses monuments ! On traverse les Buttes-Chaumont sans entendre de bruit de source. La rue de Crimée monte raide, on approche.

De station en station, le train s'est allégé. On reconnaît les usagers à leurs manies. Pour la place des Fêtes, ils se réunissent dans la voiture de tête. A peine le convoi arrêté, la foule se précipite vers l'ascenseur.

Une cage rectangulaire où quarante personnes s'entassent. Un dernier bain de sueurs et d'haleines, un dernier instant à contempler les hommes. Je me reconnais dans ces faces ternes ; je me retrouve dans ces êtres qui finissent une longue journée, qui sont encore prisonniers, et ardemment souhaitent la solitude. La montée est rapide, une bouffée d'air pur entre dans l'ascenseur. Je songe à un monde où nous vivrions sous la voûte des cieux. Un brusque arrêt, le grincement d'une porte d'acier. Vite, je regarde ces voyageurs dont s'empare le sommeil : femmes dont se fane le maquillage, hommes au linge sans fraîcheur. Ils bâillent, ils soupirent, ils s'enfuient, comme pris de panique. La femme renonce à plaire, l'homme à conquérir.

Dans la rue, je vais seul, mes compagnons ont déjà gagné leurs tanières. A un comptoir, gesticulent des ivrognes, derniers combattants du jour. Le froid, les ténèbres, me saisissent. Je me surprends à regretter le métro, son haleine, sa lumière, ses couloirs bariolés où les amoureux se donnent rendez-vous. Un égout exhale une odeur de cloaque ; une lueur tremble à une fenêtre. J'avance entre les maisons, tombes géantes qui enferment des êtres écrasés. Une ville sommeille. Malgré mon angoisse et ma fatigue, je voudrais parcourir ce vaste cimetière, conquérant qui s'admirerait de vivre au milieu des morts. Mais demain matin, dès cinq heures, les hommes réapparaîtront dans ces rues. Les bistrots brilleront, les bouches de métro s'ouvriront, chacun avec le masque de son état s'acheminera pour la ville...

Mon destin est semblable. Aucune raison de me croire libre ; j'approche du Hameau des Bois où flotte une atmosphère encore plus suffocante.

Tant pis ! J'entends une rumeur, des rires, un quartier grouillant m'appelle. Me voici !

Pour me remettre le cœur en place, m'apprendre la joie, la tristesse, la haine, je fais un tour rue de Belleville. De nom, qui ne la connaît ? même ceux des lointains quartiers qui se la représentent comme une jungle.

Elle va du Faubourg du Temple à la porte des Lilas. Les rues de deux arrondissements y viennent jeter leurs eaux boueuses, leurs eaux de pauvreté. Numéros pairs, le vingtième ; impairs, le dix-neuvième. Divisions administratives qui tiennent aussi peu de place dans la réalité que dans mon esprit. Il y a ici une Internationale de la misère. Belleville et Ménilmontant, autrefois villages où émigrèrent des ouvriers ; vieilles maisons paysannes serrées entre des immeubles couleur de suie ; ruelles fangeuses, boutiques provinciales, assommoirs, restaurants, salles de spectacle ; foules du matin et du soir, promeneurs las des dimanches ; Belleville ! Ménilmontant ! dont la vie reflue dans l'ancienne rue de Paris.

Aucun chemin qu'ait marqué davantage le malheur

des hommes, où l'air soit plus lourd, plus grisante la pensée de la révolte. Les herbes ne poussent pas entre les pavés ; derrière les barreaux des balcons, dans des pots, les fleurs végètent. Pas de monuments. Des parfums douceâtres, des relents aigres, une odeur vineuse. Sur les murs, sur les trottoirs, sur les visages, partout les signes du besoin et de l'effort, ceux de la fatigue et ceux du désespoir.

Je marche. Dame, il faut ouvrir les yeux, et avoir un cœur accroché solidement. Impossible de flâner comme sur les boulevards, en ruminant un projet agréable. De cette rue de Belleville, je connais le climat, les courants, les aspects, autrement qu'en touriste. Elle naît au carrefour des Quatre-Arrondissements : 10e, 11e, 19e, 20e. Un coin moins grandiose que la place de l'Etoile ! Jamais de visiteurs officiels, mais plusieurs fois l'an les forains y montent leurs baraques. On y admire un magasin de province, un tailleur-confection, le cinéma *Cocorico,* des cafés : *Le Point-du-Jour, La Vieilleuse* où s'alignent dix billards qu'entourent dès six heures les joueurs en bras de chemise. Des camelots déballent leur pacotille, des misérables crient des journaux ; quelquefois un colosse au corps tatoué jongle avec des poids de vingt kilos. On débarque à ce carrefour comme dans un port ; on y rencontre les juifs du Faubourg du Temple, les sidis du boulevard de la Villette, des Polonais, des Français. Nulle part on n'entendra pareils jargons, semblable tintamarre.

Quelques pas encore et voici *La Bellevilloise,* coopérative communiste ; *Les Folies-Belleville,* paradis des opérettes ; le ciné *Floréal* que fréquentent les youpins. Boutiques, étalages, lumières ; fracas des autobus, rumeurs ; enseignes, réclames étincelantes. Comme en province la rue commerçante d'une préfecture. Ici, l'apparence du plaisir et de la richesse. Les trottoirs ne sont pas assez larges, on marche sur la chaussée. Des courants se contrarient, se fondent, coulent vers les bistrots ou les magasins, selon les heures.

Pâtisseries, horlogeries-bijouteries, friteries, bazars, chemisiers, chapeliers, bal-musette. On y pénètre, tout est à portée de la main ; avec un peu d'argent on cède à ses désirs ; comme partout, on chaparde ! Des couleurs vives tachent les devantures, bariolage joyeux ; des affiches font naître de nouveaux désirs.

La rue monte raide, je m'arrête pour respirer un peu. Quelques années plus tôt le funiculaire passait là, deux wagons exigus réunis par une plate-forme sur laquelle, derrière un appareil à sonnerie, se tenait le receveur. Le « funi » descendait sagement de l'église Saint-Jean-Baptiste à la place de la République, remontait lentement, stationnait sur une voie de garage, et, branlant, grinçant, pour dix centimes vous faisait parcourir le Faubourg du Temple et la rue de Belleville. Il rappelait l'âge d'or des expositions universelles. Son matériel rouille dans quelque dépôt ; dans l'esprit des vieux Bellevillois, il est devenu un appareil fabuleux. Des autobus le remplacent. Ils montent vivement, ronflent comme des avions. Mais pourquoi ce besoin de vitesse ? Pourquoi imaginer que le temps est de l'argent ? A pied, on fait tant de découvertes !

Au-delà de la rue de Tourtille cesse le Belleville qu'on pourrait prendre pour un pays de cocagne. On trouve encore un cinéma et un théâtre. Mais moins de cris, moins de badauds, des boutiques minables, des façades qui s'écaillent. A la hauteur de la rue Rébeval, des impasses, des mastroquets, de pauvres échoppes.

On arrive rue des Pyrénées. Sous Charles VI, paraît-il, il y avait là un village : Poitronville, qu'on surnommait déjà Belleville. Belleville ! cri que l'on poussait quand on apercevait Paris de ce point, pour la première fois. Aujourd'hui, entre les deux rangées de maisons de la rue, on aperçoit au loin des édifices, des immeubles, et jusqu'à l'horizon s'étend la capitale que surveille la tour Eiffel — en même temps que le funi, les hommes ont détruit la Grande Roue. Je traverse la rue des Pyrénées, je pénètre dans un trou de province.

Non loin de l'église Saint-Jean-Baptiste, débouche la rue de la Mare où vivait ma tante ; la rue Fessart où habitait mon oncle Louis. Les vieux de cette époque sont morts, enterrés près d'ici, au cimetière villageois de Belleville, où la plupart des tombes restent à l'abandon. Voici des habitations modernes, un dispensaire : « le Terrain Humain et la Maladie ». On se sent à l'aise, on respire un air plus vif ; on trouve le temps d'oublier, celui d'évoquer le passé. Les hommes ne parviennent pas à effacer les traces de leurs prédécesseurs. Maisons basses, enfumées et paysannes ; chemins paisibles comme la rue du Soleil. Soudain, la rue de Belleville s'étrangle, tout juste si deux voitures y peuvent passer de front. Des grilles défendent des cours désertes, des jardins où se rabougrissent des arbres. Mais la mort n'a pas engourdi ce quartier de Paris, le souvenir de la Commune s'y perpétue.

J'arrive à la porte des Lilas ; j'ai fait une trotte de deux bons kilomètres, à travers des régions bien distinctes, et il me semble être en route depuis des heures ! J'ai rencontré des inconnus dont les visages se brouillent devant mes yeux ; contemplés des paysages qui ne me laissent jamais indifférent ; entendu chanter un air que je fredonne.

Selon les jours, selon les heures, c'est un nouveau voyage.

A midi, rue des Pyrénées, commencent à siffler les sirènes. Les portes des usines s'ouvrent ; les ouvriers sortent, isolés, par groupes, courant, criant, et des gars sautent sur des vélos. Depuis sept heures du matin prisonniers, ils vont vers des gargotes reprendre des forces, joyeux de ce moment de liberté.

A Belleville, de puissantes entreprises fabriquent la chaussure. Beaucoup de femmes y travaillent. Jeunes ou vieilles, les voici chez le boulanger, chez la crémière, chez le charcutier ; les commerçants font des affaires fructueuses. Les marchands de frites s'installent à la terrasse d'un café, à un carrefour, sous une porte cochère. On ne songe pas aux « midinettes », blondes héroïnes des romans d'amour. Les femmes, ici, portent des blouses, des fichus, de pauvres bottines ; elles ont les mains tachées de teinture, les ongles cassés, les cheveux flottants ; mais elles se sont fardées, leurs lèvres rouges lancent des injures salées aux hommes qui veulent les accoster. Et ainsi, se nouent les intrigues qui conduiront un soir au cinématographe ou dans une chambre d'hôtel.

Dans les restaurants, des gaillards se hâtent de manger pour courir à un rendez-vous, au comptoir d'un bar. Le temps c'est de l'argent — de l'or ! puisqu'on n'a qu'une trentaine de minutes à consacrer à l'amour, au rêve, entre des heures de servitude.

Le béguin n'ôte pas l'appétit à tout le monde. On va au restaurant pour se retaper ! se refaire la cerise ! Le ventre crie famine. Une heure de repos, devant une assiette pleine. Le cul colle à la chaise de paille, les mains sont heureuses de reposer sur la table de marbre, les pieds de frotter la sciure. On vide lentement sa chopine de pinard, et l'espoir revient, la fatigue coule. On étale un journal : *L'Humanité, L'Auto, Le Matin.* Un violoneux entre, qui joue des airs à la mode ; puis un camelot, parisien ou chinois, qui offre les merveilles du monde. On oublie l'odeur de hachis, d'eaux grasses, de sauces rances.

Une serveuse aguichante fait passer sur la ragougnasse et la monotonie des menus. Elle se glisse entre les tables, avec un tablier sale, des mains graisseuses, elle n'a rien d'une Vénus, mais c'est une femme. Tandis qu'elle établit l'addition, on la tripote ; on lui donne un bon pourboire, et elle vous lance un regard canaille. Nom de Dieu ! déjà des appels de sirène.

Rue de Belleville, c'est la ruée, plus lente qu'à midi. On n'a pas trop mangé, pas trop bu, pas toujours fumé un « ninas », mais on n'est pas pressé de renouer sa chaîne avant l'heure précise. Chez le gargotier, on était un grand voyageur, un amant, un chef ; maintenant, on reprend sa place dans le troupeau des travailleurs.

De deux à six, un silence presque provincial. Les ménagères ont terminé leurs achats ; les petites voitures sont recouvertes d'une bâche, les étalages n'arrêtent personne. Alors, des vieilles sortent pour traîner dans la rue, et, de numéro en numéro, ruminer des souvenirs. Des représentants de commerce se hâtent, porteurs d'une valise ou d'une serviette de cuir ; des marlous ont quitté les boulevards extérieurs pour revoir ces rues où enfants ils usaient leurs galoches. Chacun est enfermé dans sa cage : usine, magasin, fabrique ; confectionne des chaussures, tricote, martèle, lime, ajuste. A peine rencontre-t-on, de-ci de-là, détaché et flâneur, un apprenti. Rien ne rappelle l'activité des quartiers du centre ; pas de promeneurs non plus.

Soudain retentissent sifflets et coups de sirènes.

Bruyamment, comme un jour d'émeute, les ouvriers descendent la rue, délivrés de leurs bourgerons, revêtus de costumes-confection. Des femmes les accompagnent, fraîchement maquillées, les mains à peu près blanches, piqués dans leurs cheveux des peignes dont étincellent les faux diamants. Il y a de violents courants, des tourbillons, de noirs sillages dans la foule. Les autobus se suivent, tous bondés ; entre les voitures, des cyclistes se faufilent.

On oublie son étau, sa machine, les observations et la vacherie du contremaître ! Qui songe à son labeur ? A six heures, d'un seul coup, on fiche à bas sa fatigue. Devant soi, la nuit, des surprises, des joies, des parties de manille. Les cinéma s'allument, les devantures brillent, les couleurs vibrent. Tout ça pour nous! A midi, on n'a pas le cœur à la rigolade, on se sait prisonnier. Maintenant, ouf! on est libre.

On va vers le métro, les tramways, d'un autre pas que le matin; on entre dans les hôtels; on s'installe au comptoir d'un bistrot, au tabac on achète un paquet de « bleues »; chez le « merlan », on se fait rafraîchir les cheveux. On s'imagine qu'on est délivré de la fatigue; elle réapparaît sournoisement. Ceux qui chaque matin vont travailler dans le centre, remontent piane-piane. Des jeunes gens musardent. Les femmes font leurs achats pour le repas du soir, les hommes boivent le coup de l'étrier; les couples qui échangèrent à midi des promesses se donnent leurs premiers baisers.

Et les veilles de fête, quel tohu-bohu! En semaine, malgré tout, à l'horizon pointe la menace du travail. Le samedi, on a devant soi la journée du dimanche avec la partie de campagne et l'amour, le ciné et l'aventure, les cartes et la saoulerie, sait-on jamais! Ceux dont la vie n'est que loisir ne savent pas ce que peuvent contenir vingt-quatre heures, quelles possibilités! Nous autres, dont la tâche est dure, ingrate, monotone, conservons l'enthousiasme de l'écolier au jour de vacances.

Quelques loisirs, du soleil, un peu d'argent, suffisent pour que nous soyons heureux. A Belleville, sombre de la suie de ses usines, triste de ses révolutions assassinées, les samedis font moins silencieuses les rues, l'air moins pesant; éloignent les soucis, rendent la jeunesse; et posent sur toutes choses cette lumière blonde dont le ciel parisien se montre avare.

Le samedi soir, à six heures, commence la fête — aux employés la semaine anglaise, aux bourgeois le week-end ! — le dimanche, elle bat son plein au-delà de l'église Saint-Jean-Baptiste.

La place des Fêtes pourrait être celle d'un bourg, avec ses maisons basses, ses pelouses, ses arbres, malgré l'hôtel *Mexico*, l'hôtel du *Zénith*, et la station du métro qui exhale une haleine puante.

La rue des Solitaires, la rue des Lilas, la rue du Pré-Saint-Gervais, petites rues calmes, aboutissent ici. On y rencontre des vendeurs ambulants ; des femmes qui traînent des marmots, crient : « Fleurissez-vous, mesdames, c'est vingt sous ! » ou « Lacets, beaux lacets, mes lacets ! » Un Japonais offre des étoffes de soie, des fleurs de papiers, des vases de porcelaine. Des camions de fruits et de légumes arrivent des Halles. Des couleurs vives et des bouquets égaient les rues ; une rumeur grandit. La place des Fêtes ! Les marchands, abrités, costauds, sont contents des affaires. On a touché la paie et les ménagères achètent pour leur homme un extra !

Elles arrivent tard, après une grasse matinée, pour une fois on n'a pas pensé à la sonnerie du réveil. Et ça ne s'avoue guère, mais on a fait l'amour, on avait le temps de prendre ses précautions. Il semble qu'on dispose d'une semaine. On flâne d'étalage en étalage, on hésite, on bavarde entre femmes. Chacune a son ménage, son gosse, son bonheur, ses tracas. On est joyeuse, ça n'empêche pas de calculer et d'aller au moins cher ; et cependant on se laisse tenter par une étoffe, une paire de bas, des bijoux qu'offre un camelot. Des cris, des rires, des couleurs, tant de choses douces au regard, une animation enchantée, une fraîche odeur de campagne. La vie a du bon !

On a terminé ses achats, on s'arrête au coin de la rue Compans, on se faufile au premier rang d'un groupe de badauds. Des musiciens ambulants chantent. Mon Dieu, est-on bête ! leurs romances vous mettent la larme à l'œil, on les fredonne en poursuivant le rêve d'une existence rose ; et leurs chansons salées vous font sourire. Allons, le filet pèse ; si l'on s'attarde, l'homme aura fini de se raser et sera parti rejoindre au bistrot ses copains. On regarde les jeunesses qui ne connaissent pas leur bonheur, puis avec un soupir on se perd dans la foule, en ruminant ses souvenirs de jeune fille. Autrefois, le dimanche, on n'avait pas le souci d'un ménage, mais celui de sa toilette et des amoureux ! La glace d'une devanture brille, on s'arrête devant une seconde : les cheveux en désordre entourent un visage morne, avec une peau transparente, usée. On va « en négligé », aux pieds de vieilles pantoufles. Le désir de plaire a disparu, comme une fleur se fane. Fini la beauté, fini l'amour...

Les cafés de la place sont envahis. Des hommes mariés sirotent l'apéritif et laissent à leurs bourgeoises les ennuis de la vie quotidienne. A la terrasse, des jeunes gars, fringants dans leur costume neuf, reluquent les belles filles, lisent *L'Auto,* et se donnent rendez-vous pour assister l'après-midi à un match. Les phonos à pavillon font du vacarme, comme au café-concert ! C'est dimanche midi, on a de quoi boire et manger, ne pas souffrir, on oublie son destin de travailleur. Des sourires éclairent les visages.

Lentement le marché se vide et les commerçants plient bagage. Dans les rues avoisinantes, les marchands ambulants ont vendu leurs fleurs, leurs oignons, leurs lacets, leurs aiguilles. Le sol est couvert de trognons de choux, de paille, d'épluchures ; des taches de sang et des boyaux crevés souillent le ruisseau. Les misérables arrivent pour faire leur marché. On leur accorde quelques sous de diminution, et, de-ci de-là, ils ramassent des fruits gâtés, une salade défraîchie, un os si les chiens ne sont passés avant eux au pied de l'étal du boucher.

Maintenant, des fenêtres s'échappent des éclats de voix. On est installé confortablement autour de la table, on a du loisir devant soi, on ne touchera pas à la ratatouille du restaurant ! On mange des huîtres, du poisson, du gigot, ah ! ce matin, il y avait un marché magnifique. Depuis la guerre, l'ouvrier ne se prive pas ! Le dimanche, peut-être, on bâfre. Il y a de la lumière sur l'avenir.

Le soleil est à son zénith, il chauffe dur et brille, comme en été.

On se lève de table vers trois heures. Longtemps que les jeunes vadrouillent. Qu'ils profitent de leurs vingt ans ! Quand on est père de famille, qu'on a ses amours derrière soi, on fait dans le quartier un bout de promenade. Place des Fêtes, les ordures du marché ont été balayées. Sur les bancs, des vieux chauffent au soleil leurs douleurs. Heureusement, vous n'en êtes pas là. A défaut de partie de campagne, on va aux Buttes-Chaumont.

On est fier de ce parc, les autres arrondissements n'en ont pas de pareil. Il est vaste, accidenté, captivant, avec des coins dramatiques ou alpestres. Il ne date que d'hier, mais cependant les arbres ont eu le temps de pousser, les sources de ronger les pierres des grottes artificielles, l'eau du lac de creuser ses rives, les chemins de s'approfondir sous les pas des promeneurs ; les yeux se sont habitués à ces barrières de ciment, à ce décor romantique ; et on ne s'épouvante plus d'entendre annoncer : « Voici le pont des Suicidés », celui qui joint une butte au Belvédère.

Un lac dont le vent brouille les eaux, des cygnes, des

canards, des oiseaux, des feuilles mortes, des branches qui frissonnent, une herbe véritable. Quand on a vécu une semaine à son étau, à la forge, entre les murs d'une fabrique, brusquement on entre dans un monde où l'homme n'est pas seul Dieu. Le Bellevillois retrouve en lui l'homme primitif. Il voit le ciel, des plantes, des fleurs, des eaux libres, un paysage silencieux, tout autrement reposant que le décor mécanique de l'usine ! Ici, tant de charme, de tendresse, d'innocence. Cette beauté se reflète sur son visage, ses traits se détendent.

On aimerait se vautrer dans l'herbe, prendre une poignée de terre, mais on ne peut envahir les pelouses qu'au Quatorze-Juillet, quand on tire le feu d'artifice. On voudrait voler, courir comme un chien, barboter avec les canards. On est endimanché, raide, respectueux du règlement, ce sont les gosses qui osent. « Veux-tu revenir ! Si un garde arrivait. » On ne voit d'habitude que les murs de sa cour, les maisons des rues, et soudain les yeux contemplent une muraille d'arbres légers ; la Butte-Montmartre et les lointains de la banlieue nord qui évoquent la pure campagne ; et lorsqu'il y a de la brume, on se croirait devant la mer !

L'esprit s'élance vers les champs et les aventures. Bosquets rustiques, rochers qui figurent la montagne, sentiers déserts où sifflent les merles. Il ne s'agit pas d'un square qui pue l'essence, d'où l'on perçoit les remous de Paris. On s'imagine dans une île. L'homme confie à sa femme : « Un de ces dimanches, on fout le camp à la cambrousse. » On n'est pas difficile : la campagne commence où finit la ceinture des usines parisiennes.

Dans le parc, il y a des statues, des barrières, des kiosques, un obélisque devant lequel on s'arrête. Les gosses considèrent la girouette qui le surmonte ; les grandes personnes en déchiffrent les inscriptions.

Elles expliquent la situation géographique, administrative, religieuse, économique, du dix-neuvième, à la date du 14 juillet 1883. L'arrondissement couvre toujours 566 hectares, j'imagine, mais les 3162 maisons, les 117885 habitants sont chiffres à corriger. Depuis, que de bâtisses neuves, et que de familles les ont remplies. Si le parc reste à 10500 mètres O.-S.-O. de la porte d'Auteuil, combien de lieues séparent les habitants de ces deux arrondissements ! Autour des églises, des temples, des commissariats, des perceptions, des postes, enracinés dans le sol, le flot des hommes a coulé.

Cet obélisque, qui rappelle le passé, fait mieux sentir la ligne de partage des eaux de la vie. Ceux qui s'attardent, repartent la face soucieuse, comme après un voyage dans le cimetière du temps.

La terrasse d'un café-restaurant domine la tranchée du chemin de fer de ceinture. Joie de s'y arrêter, d'observer les promeneurs et les gosses, de siroter des apéritifs dont vos grands-parents n'avaient aucune idée. De leur temps, ces Buttes étaient des terrains pelés, des monticules de glaise, couverts d'arbres chétifs, refuges des rôdeurs et des filles ; aux alentours, de sales bicoques. Sur l'emplacement d'un stade, s'élèvent aujourd'hui des villas bourgeoises.

Beaux jours d'été ! Dans une vedette au drapeau tricolore on traverse le lac, en répondant aux saluts des promeneurs du pont suspendu ; on s'engage dans un labyrinthe de grottes et d'escaliers, on atteint le belvédère d'où l'on voit les eaux peu profondes du lac, limpides, vertes, avec les fleurs mouvantes des cygnes et des canards. On entend la musique d'un manège, les rires des amoureux, les sifflements d'une locomotive, les battements fous de son cœur, le tumulte qui monte de Paris. Et si le vent souffle, on boit un fameux bol d'air !

On ne peut pas aller tous les dimanches à la

campagne ; ni se payer de longues vacances. Mais nous avons de bonnes jambes pour parcourir les Buttes ; nous y venons en famille écouter « l'Harmonie du Dix-Neuvième », prendre un bain de verdure ; et j'y retrouve les souvenirs de la noce de mon oncle Louis.

Près de la mairie, rue Manin, dans un chic restaurant aux allures de chalet suisse : *Chez Edouard,* il avait loué le salon principal. A travers des vitres de couleurs on apercevait les Buttes. C'était un dimanche d'été, des cris montaient du parc. A quatre heures, nous en étions encore à siroter le café ; nous chantions à tour de rôle. Fraîchement sorti de l'école, pour éblouir ma jolie « cavalière », je récitai un morceau de *La Légende des Siècles :* « Waterloo ! Waterloo ! Morne plaine... » C'était interminable. Mon oncle frappa dans ses mains et proposa d'aller en face se balader. Nous fîmes plusieurs tours de manège ; puis nous nous installâmes jusqu'au soir dans une guinguette.

Bien d'autres en font autant. On n'a pas toujours les moyens de se payer un « car » pour filer vers la Marne. On rencontre des noces dans les allées du parc, un cortège de carnaval ! Les beaux-parents sont graves, les invités pompettes. Les époux s'engagent dans l'escalier qui monte au belvédère, un loustic leur crie de ne pas se perdre.

Dans des coins solitaires, des couples échangent des serments ou des caresses, font des projets d'union. Ailleurs, au passage d'une noce, des ménages rêvent. Pour eux, maintenant, il y a les gosses, le souci de la vie quotidienne. C'est le sort de chacun. Bah ! n'y songeons point. Les feuillages ont des mouvements caressants, les eaux du lac murmurent. On se sent loin des faubourgs, entouré de fraîcheur, bercé d'illusions, les pieds touchant à la terre ; on se croit presque paysan.

Ce n'est pas chaque jour fête ! et les Buttes-Chaumont ne sont pas tout le dix-neuvième !

La rue de Crimée longe le parc ; elle traverse en diagonale l'arrondissement et joint la place des Fêtes à la porte d'Aubervilliers. Elle coupe la plaine du Pont-de-Flandre, puis grimpe raide vers le quartier des Carrières-d'Amérique.

De temps à autre, je pars de la rue d'Aubervilliers, là où sur le plan une ligne rouge sépare le dix-huitième du dix-neuvième. Je ne vois que le mur sombre du matériel roulant et des entrepôts du chemin de fer de l'Est.

Vers quatre heures, au milieu de la chaussée grossièrement pavée, défilent au petit trot les voitures des pompes funèbres. La journée finie, elles rentrent, avec les « pompes » enfermées dans des caisses. Les cochers fument la pipe, s'interpellent, et quelquefois s'arrêtent au bistrot. La grande porte du dépôt est ornée des armes de la Ville ; on y lit des affiches officielles : « Adjudication bois empilé de chêne, sapin et peuplier... » Des hommes à l'allure débonnaire montent la garde. J'aperçois de vastes halls où sont remisés les corbillards à pompons, à panaches, et ceux des pauvres, grisâtres et nus. Un courant d'air apporte des odeurs d'écurie, de moisissure. L'après-midi, tout est calme ; mais matin et soir les allées et venues sont nombreuses, des voitures entrent, sortent, des employés galonnés comme des suisses circulent, on devine une affaire importante, une des plus sûres de Paris.

A quelque cent mètres, voici l'ancien dépôt des Petites Voitures dont il ne reste que les murs. C'est le progrès ! Cependant, des attelages de six bêtes traînent encore de lourds tombereaux, s'en vont vers les usines de la plaine Saint-Denis ; des camions sortent de la gare aux marchandises, des voitures de charbon passent. Les rouliers jurent, les fouets claquent, un bruit incessant de charroi emplit la rue.

Devant les gazomètres, monstres alignés rue de l'Evangile, vous vous souviendrez que chaque immeuble parisien porte une plaque : « Gaz à tous les étages. » Service municipal, comme celui des Pompes Funèbres. En bordure des fortifications, boulevard Macdonald, on fabrique le gaz d'éclairage, on en tire les sous-produits ; des grues, des réservoirs, des échafaudages, une suite de bâtiments où courent les wagonnets, s'enroulent des chaînes, crient des hommes. De lourds panaches de fumée montent dans le ciel nuageux, empoisonnent l'air.

Le boulevard traverse le canal de Saint-Denis que flanquent, à sa sortie de Paris, deux postes en ruine où des vagabonds remplacent les gabelous. L'été, on s'arrête à la terrasse de la *Maison des Gaziers* ; en vidant une canette on voit des camions, des péniches, on écoute parler les ouvriers. Malgré tout, ce coin garde un air champêtre ; les fortifs ne sont pas encore démolies, dans les fossés des amateurs font du jardinage. Le canal, entre des rives bordées d'arbres, file droit vers Saint-Denis. C'est un arrêt reposant avant de gagner, par le quai de la Charente ou celui de la Gironde, la région des Abattoirs.

Boutiques avec un étal où s'alignent des poumons, des cervelles, des quartiers de viande, où pendent des bœufs, des moutons sanguinolents. Rouges les gueules et les mains des bouchers, rouges les murs et les trottoirs. Ce n'est plus le personnel silencieux, distingué, des « Pompes ».

Des gaillards solides passent, vêtus de blouses, armées d'une canne, la poche bourrée, des hommes qui n'ont pas le dégoût d'un jet de sang tiède et qui savent vider plusieurs verres de tord-boyaux. Ne les fréquente pas qui veut. Pour être maquignon, il faut avoir des doigts comme des boudins, une encolure de taureau, la marche d'un bœuf. Ils sont chez eux aux Abattoirs ; beaucoup y arrivent dans leur auto, comme les richards ! On voudrait entrer aussi, mais on doit demander une autorisation municipale. Sur ces lieux, l'après-midi, règne enfin le silence, que trouble parfois un mugissement.

Tout près de là, se mêlent les eaux du canal de Saint-Denis et du canal de l'Ourcq. Sur le quai, on voit des pêcheurs, des chemineaux, une cardeuse de matelas au travail ; des vieux promènent leur tristesse et leur chien. On se penche sur une écluse profonde comme une fosse. L'eau gicle, écume, reste captive ; et les péniches apparaissent, s'enfoncent silencieusement. Plus loin, sur les eaux calmes, flottent des ordures qui vont s'accumuler dans le bassin du quai de Metz où l'on répare les chalands. A l'horizon, on aperçoit les usines d'Aubervilliers et les grands moulins de Pantin.

Quai de la Loire, les grosses entreprises de charbon, de plâtre, de ciment, ont leurs dépôts.

Le dos courbé sous le sac de cinquante kilos, les mains qui s'y agrippent, des débardeurs marchent lentement sur la planche, entre le quai et la péniche ; dans leur visage noir de charbon, gris de ciment ou blanc de plâtre, leurs yeux brillent, leur bouche paraît saigner. Des machines déchargent les chalands ; des grues ouvrent, referment leurs mains voraces ; des hommes chargent de sacs les trottoirs roulants. Neige de plâtre, pluie de poussier, qui tombent, tenaces, pénétrantes. Un coup de sifflet. Une équipe lâche le travail, se dirige vers le *Bar de la Marine,* le *Café des Travailleurs, Le Château Tremblant.* Les gosses, vite, emplissent un panier de morceaux de charbon tombés à terre.

On renifle une odeur de vase et de sueur. Dans des

chantiers abandonnés, rue de Thionville, rue des Ardennes, pourrissent des machines. On avait projeté de faire de ces lieux un port moderne. Les projets sont allés à vau-l'eau. On continue à travailler dur, au petit bonheur. L'habitude qu'a l'ouvrier de sa besogne est si vieille que ses gestes sont devenus mécaniques ; il ne pense plus à rien ; il marche, le sac sur le dos, de la péniche à la voiture, revient, reprend un sac ; n'est qu'un maillon dans la chaîne des débardeurs.

L'hiver, à la tombée du jour, le travail cesse. Les quais redeviennent déserts. Ceux qui les animaient s'en vont par groupes vers des cafés. Une longue station avant le retour dans un hôtel *de l'Europe, du Languedoc, de la Fraternité, de l'Espérance,* lieux de repos, aux chambres glaciales et nues. Chaque hôtel a sa clientèle de manœuvres, débardeurs, charretiers, venus des quatre coins du monde ; hommes pour lesquels le décor de l'usine vaut celui du garni ; qui respirent avec indifférence l'huile, l'acide, ou la poussière ; qui sont partout sans racines, révoltés, résignés. Entre le travail et le sommeil, dans ces rues mornes où seuls les feux des bistrots brillent, il y a un moment de vie presque heureuse.

Au fond de petites salles crasseuses on passe les mauvais soirs d'hiver ; on joue au zanzi, à la manille, et surtout on parle du boulot avec des camarades : manœuvres ou ouvriers, qui ont la veine d'être à l'abri dans leur usine. Sur les quais, le jour, le travail est rude ; on charge les sacs sur les voitures « Bernot », on décharge les flûtes ; malgré l'effort qui met la sueur au front, on grelotte, on a les mains gourdes ; d'autres fois, on turbine sous l'averse.

L'été vient. Porter des vêtements minces, ça va ! débardeur, un riche métier ! Souvent, on fait la pause. On a près de soi sa chopine, inutile d'aller chez le mastroquet. On roule une cigarette, et, d'un œil tranquille, on regarde couler l'eau qui emmène lentement des portées de chats crevés, des chiens ballonnés, les ordures de Paris. Des pêcheurs flânochent, les péniches arborent leur drapeau dans un paysage qui paraît neuf. Au lieu d'aller coucher à l'asile, se faire manger de punaises à l'hôtel, on va dormir sur un tas de sable, ou dans une péniche. On fixe des yeux, avant qu'arrive le sommeil, les étoiles, tant d'étoiles, à croire qu'on a gagné enfin le paradis. Le murmure de l'eau berce, des couples gémissent, de la campagne lointaine arrive un souffle d'air...

A l'est du bassin de la Villette s'étale un quartier de rues puantes, de maisons ouvrières. On n'y rencontre plus de ces hommes hirsutes, mi-ouvriers, mi-paysans, Italiens, Espagnols, Sidis, mais des Français qui savent végéter dans un trou. Lieux mornes. Mais, avec un peu d'imagination, on évoque le passé. Dans ces parages se dressait le gibet de Montfaucon où la canaille pourrissait au grand air ; plus loin, le dépotoir de Paris, avec des lacs de vidange, des établissements d'équarissage.

C'est vers 1802, lors des premiers travaux du canal de l'Ourcq, que la région du Pont-de-Flandre et de la Petite-Villette se couvrit de fabriques, d'usines. En pleine activité sous le second Empire, on ne voit plus aujourd'hui que leurs ruines. Décor minable, où chaque génération apporte de nouveaux acteurs. Sans cesse se renouvelle une population de prolétaires, qui ne trouvent plus pour s'abriter et rire le cabaret de la mère Radig où l'on buvait du vin à quatre sous le litre. Plus encore qu'autrefois l'effort est dur, les machines ne vous ont pas délivré. Et si elles aident vos patrons à emplir leurs poches, les grues, les treuils, les tapis roulants, et autres inventions du diable, ne vous font pas libres une heure plus tôt. Ces régions joyeuses jadis, malgré le voisinage du dépotoir et du gibet, ne chantent plus autre chose que la peine.

Les roulements des camions font trembler les vitres ; des débardeurs s'injurient. C'est ici le royaume du charbon, et il flotte dans l'air une pluie fine et noire comme dans une ville minière. Les hommes, eux aussi, sont noirs : travailleurs des quais, des gazomètres, des usines, du chemin de fer ; leurs mains servent des dieux d'acier ; la poussière emplit leur bouche et craque sous les dents. Des nuages de suie couvrent les maisons ; les eaux sombres du canal reflètent des tristesses, des visages malheureux, des enterrements en marche vers Pantin ; la clarté des réverbères ne parvient pas à chasser les ténèbres.

La nuit, les hommes abandonnent ces quais. On les retrouve boulevard de la Villette, boulevard de la Chapelle, dans des maisons créées pour leur joie. Les bordels se suivent, presque aussi nombreux que les bistrots, plus luxueux, autrement enchanteurs ! On en a rêvé toute la semaine. Le samedi soir, l'air est si chargé d'alcool et de désir qu'on chancelle. Les poches sont pleines, le corps gonflé d'amour. Des jours et des jours on a caressé des machines, respiré l'odeur des acides, obéi, dormi seul, senti peser la misère, et ce simple geste d'ouvrir une porte mène au seuil d'un paradis sur la terre. Ouvrier, indigène, on sait alors pourquoi on a travaillé.

Autrefois, rue Monjol, devant leurs chambres, attendaient les prostituées ; dans des taudis s'entassaient des malheureux. On disait le fort Monjol ! Et pour quelques mois, à l'ombre d'une cité ouvrière, subsistent les masures de la rue Asselin où raccrochent encore des filles...

Mais aux alentours de la place du Combat, où dans une arène on faisait battre des chiens, des sangliers, des loups ; sur les pentes des Buttes creusées de carrières où s'abritaient des misérables ; le long du canal où vont lentement les derniers attelages, dans ces longues rues d'Aubervilliers et de Flandre, dans ces ruelles aux noms de villes lointaines ; comment songer aux temps anciens, alors qu'on rencontre à chaque pas des hommes qui peinent, souffrent, aiment à prix fixe dans le monde nouveau qui les enchaîne.

III

Les années que j'ai vécues à Belleville s'éloignent. Lorsque j'en parcours les rues, des souvenirs me poursuivent, auxquels je ne sais déjà plus bien rendre leur couleur. L'image de ma tante Tollard s'est replacée dans son cadre : les cabarets de la Courtille, les bosquets du lac Saint-Fargeau, les jardins de la rue de Calais d'où l'on découvrait le plus beau panorama du monde ! De toutes parts, s'élèvent des murs qui me cachent le passé...

Cependant, je me vois il y a quelques années à peine, sur les talus de la Butte-Rouge.

Comme dans mon enfance, des zoniers étaient vautrés dans l'herbe, des gosses s'amusaient. Mais les avions du Bourget remplaçaient nos cerfs-volants ; leurs ronflements lançaient une menace le jour de la « Fête des Ailes », où des escadrilles survolent les faubourgs. Dans cette plaine du nord-est, ceinture rouge, couronne mortuaire autour de Paris, j'apercevais des usines neuves, des îlots de maisons. Des constructions récentes, peu à peu, comme un flot, envahissent les plages tranquilles des fortifications...

Sur la Butte-Rouge ont commencé les premiers travaux d'une cité. A l'angle de la rue du Pré-Saint-Gervais, mon camarade avait un atelier dont un coin, comme la proue d'un navire, était tourné vers les Lilas et le fort de Romainville. Bientôt, le paysage que l'on découvrait ne fut plus qu'une toile de fond entre de mornes façades. Sur des terrains naguère propices aux flâneries, aux meetings, des maisons s'apprêtent à recevoir des hommes. Elles sont vides, silencieuses ; demain, les cris y retentiront, les lumières y brilleront. Sur le boulevard, à la place des moutons qui descendaient vers la Villette, défilera matin et soir le troupeau des hommes.

Partout l'on plante des maisons en guise d'arbres. Je dépasse la porte des Lilas, la piscine, je longe la caserne des Tourelles d'où partent les durs appels des clairons. Du boulevard Mortier à la porte de Bagnolet, des maisons, encore des maisons, en partie habitées, déjà exploitées par les commerçants, marquées par la vie...

Murailles qui cachent le soleil, entre lesquelles je marche comme dans un défilé plein d'ombre, glacial ou étouffant, selon les saisons ; le ciel paraît inaccessible ; dans une nature de ciment et de pierre des boutiques peintes essaient de ressembler aux fleurs, des portes ouvrent sur les intérieurs laborieux des hommes. Marcher, marcher longtemps. Voilà notre campagne ; pas d'arbres, pas de verdure, partout la marque de la vie des hommes.

Signes étranges, obscènes, douloureux, qu'on apprend à déchiffrer.

A une fenêtre, pendent des rideaux troués et des linges ; les façades des anciens immeubles ont des rides que les maçons replâtrent ; les affiches ne sont que mensonges ; tracées grossièrement sur les murs, sombres aveux du désespoir, cris de révolte, des inscriptions : « Dieu, c'est de l'argent. — A la guerre, tirez sur les chefs. — Vive les Soviets. » Des tracts que collent les militants, des papillons rouges, prophétisent de sanglantes journées ; des graffitis représentent un couple nu ou un pénis.

Dans ma jeunesse, moi qui ne pouvais quitter Paris, j'étais sensible à ce langage des murs, aux messages des rues. Ces foules qui glissent presque sans bruit, j'en surprenais déjà les pleurs, les plaintes, les ricanements. Le malheur est là. Sur un fumier de pauvreté poussent des fleurs monstrueuses qui ne peuvent orner les jardins de l'esprit. Mais elles tirent d'une terre noire un suc sans mélange, elles étoufferont les plantes de serre...

A Belleville, on trouve peu de fonctionnaires, peu d'employés. Dès qu'ils le peuvent, singeant leurs chefs, ils vont s'installer à l'ouest de Paris. Dans le quartier des Carrières-d'Amérique, de petits bourgeois habitent des villas. Ailleurs, végète une population qui vote rouge ; ni les prêches des « équipes sociales », ni les promesses officielles, ne la détourneront de son vrai destin.

On émigre chaque matin pour gagner son pain. On ne connaît pas la joie des départs, les longues vacances, les provinces lointaines, encore moins les pays étrangers. C'est ici qu'on naît, vit, et meurt ; qu'on travaille et qu'on aime, sur sa terre natale. Rares sont les attaches avec un village. Dans les faubourgs du sud-ouest on trouve des Bretons ; dans ceux du centre, des provinciaux forment des associations amicales. A Belleville, on n'a de racines que parisiennes, des souvenirs qui remontent au temps de la Commune, et des camarades ouvriers. Certes, depuis 1914, des étrangers sont venus s'y fixer, pas campagnards, mais juifs, polonais, algériens, et leurs bandes achèvent de donner à ce lieu son caractère sinistre.

Une malédiction pèse sur ces faubourgs du nord-est, les noms en sont prononcés avec crainte. La légende de la révolution les enveloppe. Les couleurs de la misère ne sont pas riantes pour qui roule en auto aux Champs-Elysées. Il faut avoir habité Belleville pour ne plus se griser de symboles, d'idées, d'art ; comprendre que les malheureux ne connaissent aucun de ces mirages.

En attendant l'heure désespérée qui les poussera vers d'autres territoires, comme des vengeurs ou des barbares, ils ont construit un monde où ils ont leurs joies, leurs amours, leurs biens.

Le premier bistrot venu aide à s'accommoder de cette vie de chien. Des inconnus vous saluent comme un frère ; on respire une bonne odeur de tabac, de bière, d'apéritifs. La menthe a la couleur des prairies, l'absinthe la couleur des rêves, et les hommes plus légers imaginent des départs, pensent saisir un jour la fortune.

Arrivent des copains qui fuient leur famille, ou leurs chefs, ou une maîtresse, ensemble on fabrique une société meilleure. Affalé sur la banquette de moleskine ou sur la chaise à clous dorés, les bras sur le marbre graisseux d'une table, une main serrant le verre, on regarde les flacons scintillants, les murs ornés de glaces, tandis que dans la rue les passants se hâtent, les voitures roulent. Les usages, les lois, le bien, le mal, ne comptent plus ; le vieux besoin qu'a l'homme du merveilleux s'épanouit.

L'heure de la soupe, celle du sommeil, peuvent sonner ! On a quitté terre. Jusqu'au moment, hélas ! fatal aux songes, où le patron crie : « On ferme ! » On s'enfonce alors dans la nuit, en marmonnant : une journée, une dure journée encore, avant de pouvoir goûter le même bonheur. On reprend vite ses pensées moutonnières, on retombe dans son trou, à son poste...

Comme le bistrot, comme le sommeil et l'amour, le

cinéma fait partie de notre existence. Rue de Belleville, sur les boulevards extérieurs, les salles se suivent, qui ont toutes un public fervent. Pour nos pères, n'existaient que l'assommoir et le théâtre.

Au ciné, on se perd dans les ténèbres, on rêve comme dans son enfance. Avec quelle passion on regarde ces images lumineuses. On leur fait don de ses yeux, de son cœur, de sa liberté. Enfin, on est ce que le sort ne vous a pas laissé être : amant, vainqueur, criminel. Tous les désirs flottent, dans une griserie collective ; des murmures, des bruits de baisers, les sons vifs ou langoureux d'un orchestre, montent dans l'air chargé de parfums.

Et puis, nous sommes tirés de nos songes.

Les « Actualités » nous arrachent au sommeil. Impossible de farder la cruauté d'un visage, d'une scène de guerre ou de répression. Quel souci d'intimidation, d'information, de propagande, de profit, pousse à nous en rendre spectateurs ? A Belleville, ces actualités sont mal reçues, on proteste dès qu'apparaissent des financiers, des prêtres, des ministres, des généraux. Lorsqu'il s'agit de défilés, de cette grimace de guerre que sont des grandes manœuvres, s'élève le même cri que nous poussions en 1917. Les visages se durcissent. Combien sommnes-nous qui déterrons nos souvenirs de la guerre ? A bas ! Les images ont disparu ; nous demeurons bouleversés d'être entrés dans les secrets du monde. Impossible de rêver plus longtemps, unissons-nous devant la souffrance et la mort !

Tous ne sombrent pas dans le désespoir. Ces couples d'amants, peu leur importe le désordre ! Des lèvres sur leurs lèvres, un sein dans la main. La joie est là...

Les cinémas sont nombreux dans le dix-neuvième ; on n'y trouve plus qu'un théâtre.

Ce théâtre, ouvert en 1828, se dresse au fond d'une cour mal pavée. La façade en est élégante et sévère, explique le programme. A l'intérieur, des couloirs poussiéreux, des escaliers minables, une salle de province. Des affiches décolorées annoncent : « Immense succès ». Les spectateurs des galeries, ceux des loges à cent sous la chaise, rappellent ma tante Tollard et ses commères. la clarté verdâtre du lustre rend plus étranges leurs visages. Le rideau se lève. Tout est faux, noble, dramatique. Les cris résonnent, les gestes se pétrifient. Des vieux, calés dans leur fauteuil, écoutent le ronronnement des acteurs ; deux ouvreuses déguenillées sommeillent. Il y eut un temps où vivaient ici des passions, où l'on croyait assister à de vrais drames.

Pendant les entr'actes, je traîne au « foyer ». Derrière un comptoir miteux, une femme crasseuse sert des bocks, tandis que galopent des enfants. Il flotte une odeur de tabac, de moisi. J'évoque des noms célèbres : Mélingue, Brasseur, Virginie Goy, autant de fantômes ! Après eux, d'autres êtres de chair imitent la vie, exploitent les traditions sans les enrichir. A quoi bon ? Le présent coule rue de Belleville...

Il faut revenir chez soi. Après le travail, après le plaisir, un foyer vous attend.

Tout le monde n'habite pas un immeuble de la Ville ou celui d'une fondation Rothschild. Nous avons plus que nos grands-parents le souci de respirer, de nous laver, de ne pas être mangés par la vermine. Les maisons qui les firent bayer d'admiration ne nous donnent plus satisfaction.

Elles ont vieilli. On y trouve le gaz à tous les étages, l'eau sur le palier, mais rarement le « tout à l'égout ». Certains soirs, quand une pompe et des voitures stationnent devant la porte, quelle prise ! Enfin, ça n'arrive pas chaque semaine. Tandis que chaque jour on respire les relents de cuisine ; on entend les disputes des voisins, leur phono, leur radio. Le soir, la lueur funèbre d'un bec papillon, ou une mauvaise ampoule, éclaire l'escalier aux murs bruns, une couleur pas salissante !

Encore, si vous aviez de la vue ! Des veinards découvrent de leur fenêtre un paysage de cheminées et de toits, mais ceux-là ont dû monter six étages. Et lorsque la bourgeoise les envoie à la cave emplir un seau de charbon, leur commande de descendre la boîte à ordures, quelle corvée ! Aux étages inférieurs, l'été, en renversant la tête, de sa fenêtre on aperçoit le bleu d'un coin de ciel, et, vis-à-vis, des intérieurs qui ressemblent trop au vôtre pour qu'on les regarde. Le dimanche, un rayon de soleil vient vous faire risette — en semaine, on n'a pas le temps d'attendre sa visite. Et l'hiver, qu'a-t-on besoin de vue et de lumière ? On se lève à la nuit ; on rentre à la nuit. Les ténèbres cachent les murs crasseux, les tuyaux, les vieux linges !

Au retour du service militaire on a voulu « construire un foyer ». Marié, on s'est installé chez soi. Il ne vous est pas donné d'emménager dans des lieux vierges, mais dans un logement que vous tenez de vos parents, où vous succédez à de pauvres bougres. Le passé pèse sur vous. Les proprios ne font aucun frais ; si vous voulez vous installer à votre goût, réaliser votre idéal, il vous faut appeler les peintres, ou un dimanche mettre la main à la pâte et coller des papiers à cent sous le rouleau qui représentent des champs de fleurs. Tout le monde n'a pas les moyens de se passer une telle fantaisie. Alors, on pose le lit, le buffet, là où en restent les traces. Les ménages se succèdent comme les couples à l'hôtel, sans se connaître.

Rien ne se perd, dit-on, il faut croire que les rêves, les tristesses, les angoisses de vos prédécesseurs, se sont collés sur les murs, dans les interstices du plancher, et que cette vermine, plus dangereuse que les punaises, vous ronge l'âme. On cloue sur un panneau des calendriers, des chromos, un portrait de mariage ; on achète des fleurs artificielles, un buffet à colonnes, un lustre orné de perles ; on fréquente les cinés et les bistrots ; rien ne vous sortira de l'ornière qu'ont tracée des frères inconnus. Dieu sait quand on partira, dix années filent, passent comme une saison.

A l'étage au-dessus, des hommes sombres tournent les yeux vers de nouveaux dieux. Au mur, ils ont cloué une photo de Jaurès ou de Lénine, qu'ils prient aux soirs de détresse. S'ils sortent, ils vont dans le quartier, rue Mathurin-Moreau, assister à un meeting ; parfois ils descendent jusqu'à la Maison des Syndicats, rue de la Grange-aux-Belles ; et au premier Mai, ils tentent de manifester sur les grands boulevards. Les camarades s'organisent dans la sixième partie du monde ; leur règne, ici, se fait attendre.

Des masures sont abattues, des rues percées, mais qui habite les immeubles neufs ? On n'a d'argent que pour manger, se vêtir, se mal loger. Et de tant de soumissions, de souffrances, de privations, ne naît pas encore le bonheur.

Vieillards, vous le savez, épaves, preuves vivantes de nos échecs ; vous qui êtes nos héros inconnus, martyrs d'une foi morte, d'une pauvreté qui n'a pas changé.

Vieillards aux visages usés comme les trottoirs, souillés comme les rues, aux mains maladroites, si vous ne demandez pas la charité, vous faites de petits métiers !

Sur la place des Fêtes, un marchand de lacets, au visage rongé, semble porter un masque avec une fausse barbe, des lèvres de drap rouge. Au marché de la rue du Télégraphe, une vendeuse de thym répète d'une voix aiguë : « Faites travailler l'aveugle. » D'autres traînent de chantier en chantier, ramassent du bois; de rue en rue, chiffonnent; d'autres sont commissionnaires, veilleurs de nuit. Quand ils ont leur jour de sortie, des bonshommes des asiles, vêtus d'un grossier uniforme bleu, tendent craintivement la main pour récolter de quoi se payer un paquet de tabac fin.

Sur le quai de la gare de l'Est, chaque soir, je vois une vieille ausi ridée, aussi blême que ma tante Tollard. Un sac de journaux la tient courbée, l'encre d'imprimerie noircit ses mains. Elle va, toussote, s'assied, respire péniblement. A une heure du matin, elle n'a pas vendu toute sa marchandise. Elle monte dans le dernier métro : le balai. Elle descend à la place des Fêtes, et gagne péniblement son logement de la rue du Jourdain.

Au coin de la rue Lemière et de la rue des Bois, contre un mur, s'installe un infirme; il vend des brochures graisseuses, des livres dépareillés, alignés sur le trottoir. Dès qu'il a quelques sous, il s'en va, tout doux, à cause de ses pieds gelés, son bras droit tenu par une ficelle, sa musette au dos. Il rentre à sa bicoque, au Pré-Saint-Gervais. Il y retrouve un fils tuberculeux, le soigne, et durant des heures il songe au Belleville de sa jeunesse. Il fréquentait *Biribi,* un assommoir où le garçon traînait au pied un boulet de bois; on venait souvent l'y chercher pour tenir un rôle de figurant au théâtre de Belleville. Parfois l'accompagne un bonhomme aux jambes cagneuses, au visage plissé comme une pomme : le père Bertrand, jardinier, qui cherche aussi à retrouver son vieux quartier où fleurissaient les lilas, où l'on cueillait par paniers les groseilles et les poires.

Tous iront bientôt au cimetière rejoindre ma tante, et je serai seul, peut-être, à garder leur souvenir.

Une génération nouvelle les chasse : des ouvriers, leurs fils, groupés, les poings serrés, qui veulent sortir de l'esclavage. Des hommes violents et faibles, inquiets et sûrs. L'usine les tient, la misère les poursuit dans les mêmes taudis ; mais ils entendent monter du monde entier des appels. Le ciel de plomb qui les accable, des lueurs le traversent.

Grande banlieue sud

I

Depuis un mois, j'habite à Montlhéry où un camarade m'a trouvé une place de garçon dans une auberge J'ai tenu l'emploi jadis, chez mes parents. Tout d'abord, je pensais ne pouvoir jamais reprendre mon ancien métier, ni supporter le dépaysement ; puis une existence neuve m'a captivé, l'air vif de la campagne m'a donné des forces. C'était comme un bain au sortir de la ville.

Un matin d'hiver, je suis arrivé à la gare de Perray-Vaucluse. Il me restait à faire huit kilomètres sur une route qui s'annonçait monotone.

A flanc de coteau s'élevait une cité noirâtre avec un clocher, un drapeau, des bâtisses à l'alignement, une avenue où les vieillards de l'asile en uniforme accomplissaient quelque corvée. Alentour, des pavillons de briques, des jardins entre des grilles, des chemins creusés de fondrières, des chantiers, des terrains en friche. Il pleuvait. J'avançais sans joie dans une campagne que j'avais imaginée libre et que découpaient des lotissements.

Brusquement, tout changea. Des prairies, un bois,

une rivière : l'Orge, et le village de Longpont, avec une rue déserte bordée de fermes et de maisons bourgeoises. J'arrivai sur une place. J'écoutai le bruit clair d'une fontaine, j'écoutai bourdonner le silence ; une cloche sonna, et les heures tombèrent sur la place, prisonnières. L'église avait une tour rasée qui penchait, un portail où se dressaient une vierge et des saints, solitaires témoins dont me séparaient le doute et les siècles. J'éprouvais une espèce de vertige, une angoisse comme au début d'un amour ; je songeais à Paris et me revenaient des souvenirs. Puis tout s'effaça. La solitude imposait le calme à mes pensées, la lenteur à mes gestes.

Maintenant, au milieu des champs où tous les arbres semblaient morts, nul signe de vie. Moi seul, dans cette campagne vide, voyageur à qui personne ne pensait. J'étais là, mais j'approchais de Montlhéry. Une odeur de bois brûlé ; les aboiements d'un chien ; près du cimetière, dans un chantier empli de pierres tombales, travaillait un homme qui m'indiqua mon chemin.

Je m'arrêtai à un carrefour, sur la route d'Orléans, devant l'*Auberge du Maillet d'Or*. La façade, faite de meulières et d'une mosaïque de pierres roses et blanches, ressemblait à du nougat ; les fenêtres de l'unique étage avaient des volets de bois sans couleur ; sous la marquise, un store mal roulé battait au vent ; et, au rez-de-chaussée, sur les glaces ternies, s'étalaient des réclames d'apéritifs et un nom en lettres d'émail : Mangin. J'entrai.

Je vis un homme debout derrière le comptoir. « Le patron ? Je suis votre nouveau garçon. » Il me tendit la main. Les consommateurs me dévisagèrent, dirent à voix basse quelques mots.

Une semaine plus tard, personne ne me regardait plus.

A Paris, lorsque je traîne au hasard des rues, je rencontre des hommes qui me ressemblent ; leurs attitudes me sont familières, leurs paroles connues. Ici, les êtres, les paysages, tout m'apparaît nouveau.

Ces hommes, que je vois chaque jour, ce sont des inconnus ; les approcher est une aventure où il faut de l'attention, de la tendresse, un répertoire de gestes et d'habitudes.

Je me suis remis au courant du métier.

L'*Auberge du Maillet d'Or* a une bonne réputation. On y vient boire sur le zinc, jouer aux cartes, casser la croûte, déjeuner ; des hommes qui travaillent : ouvriers, rouliers, paysans, pas de rentiers ni de gros commerçants. C'est installé à la bonne franquette, on se trouve à l'aise, en famille ; rien qui fasse souvenir d'un bar ou d'un café de province.

Le bistrot, avec un comptoir de bois peint en faux marbre, le percolateur, les étagères en gradins ; des tables, des chaises paillées, un appareil automatique où l'on perd ses sous. Dans une vitrine, des cartes postales ; l'une représente l'*Auberge du Maillet d'Or* vers 1900 — la même façade et les binettes des anciens propriétaires. Collé sur le mur, l'horaire du chemin de fer sur route de Paris à Arpajon.

Le restaurant a des tables solides couvertes de toile cirée, des tabourets, un sol carrelé que j'arrose de sciure chaque matin ; entre deux fenêtres est suspendue l'ardoise sur laquelle le patron écrit le menu. Enfin, dans une salle pour « noces et banquets », décorée de paysages, de fleurs, d'oiseaux, on danse on reçoit les Parisiens les dimanches d'été. Les conscrits, les anciens combattants, les membres d'une société de secours mutuels, y font à tour de rôle leur banquet.

Mes nouveaux compagnons, mes clients, ne sont pas

exigeants pour le service, mais ne laissent pas de gros pourboires. Ils me donnent autre chose, leur amitié.

Cependant, je sens une gêne entre nous. Ils m'appellent le Parigot, moi qui n'ai point le bagou ni l'assurance d'un gars des faubourgs. Nous n'avons pas la même odeur, le même teint, les mêmes mains, et je suis mieux habillé. Notre parler, nos gestes, sont différents. Ils ne sont pas tous campagnards, mais leurs parents travaillaient la terre. Moi, pas d'erreur, je suis de la ville. On ne me tient pas à l'écart, bien entendu ; je « gagne ma croûte » comme tout le monde. On me dit tu, et si on est content de moi on m'appelle par mon prénom.

Les premières semaines, on me demandait de raconter des histoires ; on me supposait des aventures ainsi qu'à tout Parisien. Je fais mentir la légende.On dit que je suis ours, timide, patraque comme ceux de la ville. Ce que je raconte sur Paris ne les intéresse guère ; les journaux parlent mieux !

Je déçois ces nouveaux camarades. Je les approche avec des hésitations, des scrupules, de brusques élans ; je voudrais connaître davantage leurs besoins, leur métier, leur passé, et discuter avec eux sur l'avenir.

Quand je suis libre, je me promène dans la campagne, loin des lotissements et des gares, sans ressentir jamais le besoin de partir pour Paris.

Je vais à Marcoussis. On longe les murs d'une propriété, ceux d'une ferme ; de l'autre côté de la route s'étendent des champs, et, à flanc du coteau, des bois violâtres. Une longue rue boueuse traverse le village et conduit sur une place où s'élèvent une église noire et la station du chemin de fer ; à coup de fourche, des hommes déchargent des wagons de fumier, emplissent leurs charrettes. Plus loin, si je continuais ma promenade vers Orsay et la vallée de Chevreuse, je découvrirais des paysages « classés », des villas magnifiques, des châteaux, rien de ce que j'aime.

Un chemin communal grimpe sur le plateau. A l'horizon, entre des meules, on aperçoit le village de Nozay. Des paysans labourent, des femmes cueillent des choux de Bruxelles. On « fait » ici des légumes : épinards, tomates, poireaux, des fraises en juin, et tout cela va à Paris par le chemin de fer sur route. La terre, trop partagée, caressée, fécondée, a un aspect tendre et égal ; campagne silencieuse, aux lignes incertaines, sur laquelle tombe une lumière sans éclat. Je l'aime avec ferveur, mais je vois les signes qui annoncent sa mort.

Dans une carrière d'où l'on tire du grès, on taille des pavés. Au bord d'un immense trou se dressent des baraques, une cantine, une forge qui fait un bruit d'usine. Une petite voie serpente. Des hommes qui ne descendent jamais à Montlhéry, des Polonais, dit-on, quelques sidis, poussent les wagonnets.

Plus loin, des bicoques peintes comme des jouets sont perdues au milieu de jardins clos ; le dimanche, des familles retournent maladroitement la terre, clouent des planches, du carton bitumé sur les toitures, et s'acharnent à créer une espèce de ville. De place en place, des écriteaux annoncent des terrains à vendre. Ils ont poussé comme du chiendent, là où il y a une « vue » : la plaine, le champ d'aviation d'Orly avec ses deux hangars aux voûtes immenses comme celles d'une gare, et une zone déjà construite. Impossible d'oublier les hommes. Autrefois, les champs encerclaient les villes ; aujourd'hui, c'est l'inverse.

Je traverse La Ville-aux-Bois. J'y rencontre des paysans, le visage barbu, les yeux couleur de ciel, les mains brunes ; leurs vêtements tachés de boue sont déformés, rapiécés. Ils conduisent un cheval, ils portent une bêche. Ils me lancent un regard méfiant qui laisse entre nous un vide ; je suis un étranger.

Lorsque je vis à Paris, trente kilomètres seulement me séparent d'eux. Mais nous n'avons pas les mêmes soucis, les mêmes espérances. Ils interrogent le ciel, s'inquiètent des saisons, redoutent les forces de la nature ; leurs préoccupations me restent lointaines. Ils possèdent une maison, des champs, des arbres fruitiers, une provision de bois pour vivre au chaud un long hiver. Ils ont un passé ; au cimetière, ils retrouvent la tombe de leurs parents ; leur avenir ressemblera à leur présent. Moi, je n'ai que mon corps pour tout bien, et ma pensée si je ne suis point trop las ; je n'ai connu que des hommes à mon image. Ces paysans ont la passion du gain. Si j'avais meilleure allure, ils m'adresseraient la parole, offriraient peut-être de me vendre du terrain. Ils se laissent tenter par Paris dont ils entendent la rumeur, dont ils voient les vagues mourir sur le territoire de leur commune.

Quelquefois, dans cette campagne, j'éprouve le besoin de retrouver la ville et je rentre hâtivement à Montlhéry.

Sur la grande place, il y a des bancs offerts par le « Syndicat d'Initiative ». Je m'assieds. Depuis cinquante ans, peut-être un siècle, la place n'a pas changé. Deux cents pas de long, cent de large, pavée de grosses pierres entre lesquelles pousse l'herbe, plantée d'ormes que l'on vient d'élaguer, bordée de maisons bourgeoises, d'hôtels, de cafés, de boutiques : boulangerie, épicerie, boucherie, banque, bazar, cordonnerie, magasin de nouveautés. Deux pharmacies se font face, l'une fondée en 1814, l'autre où l'on parle italien. Les heures apportent de lents changements, comme au ciel.

Bien vite, mon visage prendrait la patine des murs, mon allure ressemblerait à celle des habitants. On m'a remarqué, on ne me remarque déjà plus. Il y a le garçon boulanger, le garçon boucher ; je suis le garçon du *Maillet d'Or*.

Le lundi, un marché se tient sur la place.

Des camelots venus de Paris vendent au rabais des étoffes, des chaussures, des articles de ménage, de la parfumerie, des disques, en débitant des boniments qui ahurissent les femmes. Les gros commerçants : bouchers, charcutiers, marchands de volaille, sont installés sous des bâches ; leurs épouses en tablier blanc éclatent de santé. A un angle de la place, un homme assis sur un pliant joue de l'accordéon, et, le pied sur une pédale, tape de la grosse caisse ; sa femme, maigrichonne, fardée, une sacoche à la ceinture, chante ; accroupi, un enfant fredonne en balançant la tête. On les entoure à distance, la femme crie : « Approchez ! c'est pas plus cher » et offre ses chansons : « Les derniers grands succès des concerts pour un franc ! »

Les jours suivants, la place est vide. Avec les nuages, flottent des souvenirs gris. Les saisons, les années glissent. Celles de la guerre ont laissé des traces : le monument aux morts. Sur un socle de pierre, un poilu de bronze, grenade en main, musette au côté, monte à l'assaut. Personne ne le regarde. Il est là, planté comme un arbre, endormi comme les maisons.

Plus loin, sur une place étroite ornée d'un vieux puits, s'élèvent l'hospice et l'église dont les cartes postales m'apprennent l'histoire ; l'hospice, fondé par Louis VII ; l'église, gothique, du quinzième siècle. De là, un chemin conduit aux ruines. Des restes de fortifications ; une tour du onzième siècle, on y monte par un escalier en spirale.

Bien entendu, j'ai fait cette ascension. Du sommet, j'ai découvert un pays neuf. Je n'étais plus collé contre lui, perdu en lui, ma pensée se libérait. Je voyais la route de Perray-Vaucluse et les lotissements qui la bordent ; la région de Corbeil, de Melun, avec les fins pylônes de la station radiotélégraphique de Sainte-Assise ; la région d'Etampes et celle de La Ferté-Allais, avec des routes luisantes ; une campagne très douce et vieille, peuplée de villages, de fermes, pleines de vergers en fleurs, vallonnée, boisée, partagée, caressée par des mains d'hommes. Toutes les traces du passé. De place en place des églises, des cimetières, des arbres qui en voilent les rides. Une terre à une échelle humaine, à l'image d'une race et d'un temps.

Un avion a traversé le ciel uni et calme. J'ai écouté le ronflement du moteur, puis le roulement d'un train, un bruit de sirène, une rumeur qui annonce l'avenir.

Les vergers ont perdu leurs fleurs ; la campagne uniformément verte ne changera plus d'aspect jusqu'à l'automne.

Quand je me lève, la lumière est encore incertaine, le temps frais. Je passe une serviette humide sur mon visage, me donne un coup de peigne, j'enfile mon tablier et quitte ma petite chambre. En bas, je tire les volets, ouvre toute grande la porte, et sur le seuil respire l'air pur, en écoutant les bruits légers du matin. Je monte éveiller les pensionnaires et les camionneurs qui reprennent la route. Un à un, ils descendent, boivent le café chaud.

Chaque matin, machinalement, j'accomplis la même besogne. Balayer, laver, essuyer les tables. Au passage, les clients me serrent la main.

Je les connais tous.

Le grand Paul, qui travaille chez un marbrier, n'est jamais pressé de se lever, jamais pressé de partir, son chantier est à deux pas, sur la route. Un beau garçon, toujours en sabots, qui a fait son service dans la flotte. Il porte encore un chandail, une vareuse bleue, un pantalon de drap. Il aime à rappeler le temps où il était à Toulon ; dans ces matins brumeux, il chante un ciel pur, la mer bleue. Il enfle la voix pour parler du mistral qui balaierait toute cette cochonnerie de nuages.

Quand j'installe la terrasse, je le vois, assis sur une caisse couverte d'un sac. D'un geste régulier, il tire, pousse la scie qui s'enfonce lentement dans une pierre de taille. Il s'arrête pour arroser la scie. Lorsqu'il pleut, il tend au-dessus de sa tête une bâche verte ; lorsqu'il fait soleil, il travaille en bras de chemise. Tout le jour monte le grincement de la scie, le bruit ne cesse que lorsque Paul vient boire un coup ou déjeuner. Il me montre en riant ses mains calleuses, reprend son geste éternel, et, en écorchant un mot : « Pour chier droit, dit-il, je fais comme ça. » Il a été chaudronnier, homme d'équipe au P.-O. ; maintenant il a un boulot tranquille, et de temps en temps il aide le fossoyeur. Il vit seul. Un dimanche, il va à Brétigny-sur-Orge, dans sa famille ; le dimanche suivant, il file à Paris, « voir les filles ».

Le facteur s'accoude au comptoir. Son sac est peu chargé. Son uniforme d'un bleu délavé lui flotte sur le corps, son képi à cocarde lui tombe sur le nez. Il a une face cramoisie, les yeux vifs, la moustache en brosse. Il raconte, en les mimant, des histoires qu'il corse de bons mots. A Montlhéry, les gens se soignent, entassent les sous, reçoivent de gros mandats ; mais ça ne glisse pas souvent la pièce, ça n'offre pas un verre, c'est Beauceron, cul-terreux et compagnie !

Vers neuf heures, il revient, en poussant son vélo ; son sac est bourré, il trimbale des paquets. Il fait chaque jour ses trente kilomètres, une trotte ! Il ronchonne contre les lotissements où les Parisiens font construire ; de mois en mois sa tournée s'allonge. Il se crève. Au bureau, quatre receveuses jacassent du matin au soir ; on ne prendrait pas un facteur auxiliaire. Un coup de sifflet le fait partir. « Le tacot de neuf heures vingt ! »

La station est à dix pas du *Maillet d'Or*. Une station importante, avec embranchement conduisant à Marcoussis Chez nous, sont toujours attablés des employés, pas des cheminots, des hommes de la T.C.R.P. A les entendre, le service n'est guère fameux et ne vaut pas celui de la capitale. Ils roulent sur les convois de nuit qui portent à Paris les légumes ; ils commencent à des quatre heures du matin. En service de jour, le train ne transporte pas grand monde. Une singulière machine le tire. Le mécanicien se tient à l'avant, le chauffeur à l'arrière ; entre eux, la chaudière où l'on entend des grondements. Dans les montées, les bielles et les roues grincent, la cheminée lance une fumée épaisse. Sur le plat, les deux hommes, à l'avant, regardent tranquillement le paysage.

En face du *Maillet d'Or*, dans une vieille maison, travaillent deux vanniers. Devant leur porte, s'entassent des corbeilles, des paniers, dont ils fournissent les cultivateurs. Lorsque sonnent onze heures, ils arrivent et commandent leur « tomate », absinthe avec un peu de sirop de groseille. Ils ont de l'ouvrage, car la saison des fraises commence. Ce sont deux gaillards qui n'ont pas sur la politique les opinions tièdes du canton. Pour eux, leurs députés ne sont jamais assez rouges. « Quand ils ont passé six mois à la Chambre, il leur tombe de l'eau de Javel sur le crâne, et ils deviennent tout blancs. » Ils me prennent à partie, parce que je suis de Paname, où l'on est plus avancé que dans la cambrousse ; et ajoutent : « Ici, pour secouer les gens, faudrait des usines comme dans la banlieue nord. »

Je commence à servir les déjeuners.

Après avoir garé leurs voitures dans la rue du Clos-Bouquet, des chauffeurs, des cochers-livreurs, arrivent et s'attablent. Selon qu'ils conduisent une voiture à chevaux ou une auto, ils sont en cotte ou en tablier bleu, ils portent une casquette de drap ou de cuir. Mais tous ont les mêmes habitudes. Ils sortent de leur sacoche un carnet, vérifient des bordereaux, font laborieusement des comptes ; et quand je les sers, ils rangent leurs paperasses en s'écriant : « On va croûter ! » Ils tirent de leur poche un couteau et commencent à manger avec des mains noires.

Ils reviennent à jour fixe et se connaissent. Ils parlent de leur « boîte » ; on touche plus de pourboires à Paris qu'en banlieue ; pour le reste, faire dix kilomètres sur la route ou le matin descendre le boulevard de Sébastopol, c'est kif-kif.

Les chauffeurs sont plus nombreux. Celui-ci livre du vin, celui-là des meubles ; l'un fait le gros camionnage, l'autre l'alimentation. Au-dessus d'eux règne une aristocratie : les gaillards qui transportent l'essence.

Ils conduisent des « cinq tonnes », des « sept tonnes », voitures-citernes barbouillées de couleurs crues, d'inscriptions : Jupiter, Energicol, Shell. Ils viennent des entrepôts de Courbevoie, de Pantin ; suivent la route d'Orléans, poussent jusqu'à Châteauroux et Montluçon, vidant de garage en garage le contenu de leurs voitures. Tous Parisiens, anciens chauffeurs de taxi, bavards, blagueurs, dégourdis, la tête près du bonnet. Comme je suis un frère, ils me racontent leurs démêlés avec les gendarmes, tous de sales cocos, encore plus vaches que les flics ! quels trucs ils emploient pour frauder sur l'essence, escamoter un fût, toucher de gros frais de route. « Ça ne ruinera pas les actionnaires, hein ? » Ils ne me disent pas toutes leurs combines, mais parfois j'entends : « On a pincé Bébert, il est maintenant au Motor Oil. » La même aventure leur arrivera ; bah ! au besoin, ils reprendront le taxi.

Dans leur coin, les cochers-livreurs demeurent silencieux. Ce ne sont pas des Parisiens, mais des hommes de la région. Ils livrent au détail de l'épicerie, de la mercerie, des alcools. Ils quittent un moment la table pour faire boire leurs chevaux. Une odeur d'écurie imprègne leurs vêtements. Les chauffeurs ont des mains luisantes d'huile, les leurs sont sèches, tannées, coupées par les guides. Ils parlent de leurs bêtes avec sévérité et tendresse, comme d'amis ; des jours d'hiver, quand il y a du verglas sur la route et que les chevaux ne peuvent avancer ; de la montée d'Arpajon où il faut à plusieurs reprises caler la voiture et laisser souffler l'attelage.

Parfois, l'un d'eux va vers le clan des chauffeurs, demande des tuyaux, discute sur les avantages et les ennuis du métier. Le cocher connaît son cheval, il ne redoute pas les accidents ; les chauffeurs répondent qu'on ne devrait plus rencontrer de « moteurs à crottins » sur la route, tout comme à Paris.

Dans un coin, s'installent les deux garçons coiffeurs de la rue du Maillet. L'un a un air bonasse, des yeux vairons, une moustache en fer à cheval, un front dégarni. L'autre joue au gandin, soigneusement vêtu, bien cravaté, les cheveux cosmétiqués. Il lit *Froufrou,* collectionne les photos des « stars » ; il a travaillé dans un salon parisien et il enrage d'être en place dans ce trou. Mais il coiffe les dames, ça lui vaut des aventures ! Son collègue, toute la semaine, rase des barbes dures, coupe les cheveux sur des nuques brunes de paysans. On lui joue des tours, on rit de sa calvitie, on le bourre de coups. Alors, il menace de vous trancher la gorge quand on se confiera à lui.

M. Rebry s'assied à sa place, près de la fenêtre. Un homme qui frise la soixantaine, aux yeux gris, aux moustaches blanches rasées à l'américaine, l'allure d'un vieux célibataire. Il habite rue du Maillet un rez-de-chaussée où il donne des leçons de musique. Si je passe devant sa fenêtre, j'entends racler du violon ou taper du piano, et la voix du professeur qui compte la mesure. M. Rebry ne me parle que pour le service ; et bonjour, bonsoir. Cependant, il m'a adressé une fois la parole.

Pour remplacer son phono à pavillon, mon patron avait acheté à Paris un appareil électrique. Un matin, le vendeur l'installa ; à midi, on donnait aux clients un concert. M. Rebry survint. « Qu'est-ce que c'est que cette cochonnerie ? » me demanda-t-il. Il maugréa durant le repas et s'en alla plus tôt que de coutume. Comme le phono marchait les jours suivants, il lui fallut se résigner à entendre dix fois « *Sous les toits de Paris* ». Mais impossible de quitter le *Maillet d'Or* où il est en pension depuis quinze ans. Il m'a dit : « Jeune homme, on ne peut plus avoir la paix. La capitale nous empoisonne. »

D'autres « sales inventions » viennent de Paris. Des spécialistes installent un four électrique chez un boulanger, une pompe à essence dans un garage. Ce sont des ouvriers qualifiés. Dans la région, on ne trouve que des hommes du bâtiment : maçons, charpentiers, qu'emploient les trois entrepreneurs de Montlhéry.

Je sers parfois les clients de passage : représentants, receveurs, colporteurs, trimardeurs. La salle se vide, je déjeune dans une vaste cuisine avec le patron et sa femme.

L'après-midi, entre deux trains, des employés de l'Arpajonnais viennent boire un « canon » ; des cultivateurs s'arrêtent pour vider une bouteille ; puis arrivent le facteur qui fait sa dernière tournée, les deux vanniers qui reprennent une « tomate ». Sur la route, repassent les camions du matin. Les chauffeurs sautent de voiture et crient qu'on leur serve quelque chose en vitesse. Ils veulent rentrer tôt à Paris. Ils me disent : « Tu ne viens pas avec nous ? On ira au ciné. »

Je suis tenté de les suivre. Mais je veux rester ; l'air est bon, la vie calme. De Paris, j'entends la rumeur, et assez de signes me le rappellent pour que je ne regrette pas encore de l'avoir quitté.

Du reste, j'y suis retourné bientôt.

J'ai pris le chemin de fer sur route. Une heure trente pour gagner la porte d'Orléans ! La voie suit la route, va en plein champ, traverse la Grange-aux-Cercles, Longjumeau, Wissous ; à Antony, la machine à vapeur est remplacée par une motrice électrique ; on arrive à Bourg-la-Reine, enfin à Paris.

Le soir, je suis revenu par le train de dix heures. Après Antony, il ne reste dans chaque wagon que quelques voyageurs et un contrôleur qui bâille. Le train, encore plus lentement, s'enfonce dans un mystérieux pays ; il fait un bruit de ferraille, les vitres tintent ; il s'emballe, rampe, siffle, s'arrête en rase campagne, attend sur une voie de garage que passe un train de marchandises qui monte vers les Halles. Je m'étais étendu ; dans une lumière bleuâtre, je rêvais...

Je suis retourné à Paris plusieurs fois ; j'ai pris la grande ligne.

Un autobus qui vient de Marcoussis conduit à Saint-Michel-sur-Orge. Il attend sur la grande place. Les voyageurs casés, on part ; on s'arrête au carrefour de Longpont pour prendre encore des clients. A Saint-Michel-sur-Orge, c'est déjà la banlieue. Partout des villas, des chantiers ; les bois voisins sont lotis.

Au guichet, je n'ai pas à attendre car les voyageurs ont leur carte d'abonnement. Presque tous se connaissent ; ils se saluent, se serrent la main, disent : « On va remettre ça » et achètent leur journal. Le rapide Paris-Côte d'Argent passe. Nous le regardons filer. Jamais nous ne voyagerons dans ces voitures bleues ; nous ne connaîtrons pas la joie d'aller vers un pays ensoleillé, où seuls des films et des romans nous conduisent. Tandis que nous rêvons, notre train arrive, composé de longues voitures métalliques qui rappellent le métro. Les voyageurs s'entassent en tête pour être près de la sortie, à Austerlitz ou à Orsay.

Quelques stations, et le wagon est plein. A Juvisy, encore du monde ! Beaucoup restent debout, cette fois on se croit dans le métro. Mais on respire une odeur moins aigre, on entend d'autres conversations. Des hommes parlent de leur jardin, de leur villa, de leur route, des lotissements voisins. Ils jettent un coup d'œil sur le paysage, et, selon les mois : « Tiens ! ce n'est plus inondé ici » ou : « C'est comme chez nous, pour rentrer, faut enfoncer dans la merde. » Ils lisent dans ce paysage, en suivent les changements. « Ça se construit dur ce coin-ci, il y a un an, c'était le bled. » Je regarde : de mauvaises routes, des clôtures, des bâtisses dont quelques-unes arborent un drapeau ; des arbres, des maisons. Celles-ci poussent vite, la mauvaise herbe ! Elles étoufferont les arbres.

Autour de ces villas, l'espace libre se resserre. Jardinets entourés de grillages, baraques à poules et à lapins, les possesseurs de ces maigres biens sont prisonniers. Ils vont chaque jour travailler à Paris, rentrent chaque soir éreintés ; et le dimanche, ils réparent les ravages du mauvais temps, ratissent, édifient une cabane. Ils sont propriétaires ; dans leur maison, comme l'escargot dans sa coquille. Ils ont plein la bouche de leur jardin, de leurs plantations ; leur lotissement est un monde ! Pour réaliser un vieux rêve, ils ont créé des villages dont l'avenir est misérable ; ils n'ont su qu'asservir bourgeoisement la terre, l'enlaidir, la partager.

Ces hommes, je les observe. Je regarde leurs faces où des rides trahissent la lassitude ; leurs chemises sales et leurs faux cols élimés ; leurs mains aux ongles en deuil ; et leurs vêtements défraîchis. J'imagine quelle toilette hâtive ils ont faite, avec du sommeil plein les yeux. Tous lisent religieusement leur journal, beaucoup en ont un second qui sort à demi de leur poche. Ils disent en soupirant : « Il n'y a rien, ce matin. » Que souhaitent-ils pour les tirer de leur vie quotidienne : une guerre ? une révolution ? Les crimes, les reportages sensationnels, les discours politiques de leurs grands hommes, les passionnent. Ils cancanent comme des concierges, et gémissent à la pensée de rentrer au magasin ou au bureau.

Il y a des groupes plus bruyants. Des jeunes filles ont épinglé à leur corsage des fleurs de leur jardin. A gauche, c'est cœur pris ; à droite, cœur à prendre. Elles répliquent gaillardement aux garçons, se fardent, lisent « *Le Film Complet* » ou « *Le Roman d'Amour* ». Leurs voisins déplient des journaux de sport. Petits employés, calicots pommadés, bien cravatés, les mains blanches, ils méprisent l'ouvrier et pensent avoir l'avenir devant eux.

On approche. Un voile de fumées couvre Paris. Les usines sont plus nombreuses. Entre des fabriques coule la Seine aux flots troubles, c'est Choisy-le-Roi, Vitry, Ivry, et de hautes maisons se dressent, aussi noires que les usines. Le train s'arrête. On saute sur le quai, on descend un escalier, on suit un couloir où soufflent les courants d'air. Nous voilà lâchés dans Paris.

Je ne peux plus y vivre. Le bruit m'étourdit, les odeurs m'écœurent. J'ai l'esprit et les jambes d'un malade. Je crois que je vais étouffer entre ces hommes, qu'ils ne me laisseront aucune place, la petite place dont j'ai besoin pour vivre. Je n'ai plus d'attaches avec mon ancien quartier, je me trouve perdu comme un provincial. Ma ville a changé, elle est plus menaçante, inhumaine, artificielle, presque monstrueuse. Vite, je fais mes achats pour le *Maillet d'Or*. Après un arrêt sur le pont, je regagne la gare d'Austerlitz.

Il m'arrive de rentrer par un train de soir.

Je reconnais des visages, plus abattus, plus pâles. On ouvre des journaux, mais les lecteurs sont moins nombreux, clignent des yeux. Atmosphère de fatigue, d'acceptation, d'ennui. Il traîne dans l'air des relents de la rue, des parfums douceâtres; chacun a l'odeur de son métier.

Au milieu de cette troupe défaite qui va vers sa soupe et son lit, des jeunes gens veulent s'amuser. Ils jouent à la belote, fredonnent une scie, font asseoir des filles sur leurs genoux, racontent leur journée : ils ont répondu au « singe » ou au « contrecoup ». Ils sont négligés, braillards; quelques jolis-cœurs ont des cravates de fantaisie, des vestons aux épaules taillées en portemanteau. Ils parlent de leur prochain dimanche, ils iront au stade voir un match, puis à un dancing. Ils donnent des rendez-vous à leurs voisines qui se maquillent pour cacher leur fatigue.

On enfonce dans une campagne sombre. Sous le ciel violet, la banlieue paraît plus misérable encore. On regarde des lueurs dans cette campagne indécise; chacun cherche la sienne, suspendue au-dessus de la table où il mange, du lit où il dort. Et, avec le jour qui reviendra, encore un départ pour la ville. En ce moment, personne n'y songe, il semble qu'on connaîtra un sûr repos, de longues vacances! Si l'on pensait, l'existence deviendrait infernale.

A chaque station, en silence, descendent des voyageurs. A Villeneuve-le-Roi-La Faisanderie, des jeunes filles partent vers une plaine rase, creusée de sablières; des hommes marchent d'un air las, portant vide le sac qui a contenu leur déjeuner, ils franchissent le portillon, se saluent : « Bonne nuit. » « A demain... »

A Saint-Michel-sur-Orge, mon autobus attend. « La dernière fournée », dit le conducteur.

Il semble que nous soyons les seuls survivants d'une armée, des éclopés, des aventuriers, ou des fous qui viennent chercher un air pur et oublier Paris. Sur la campagne ténébreuse, le vent souffle. En bâillant, ma voisine me confie : « Ce que le trajet m'aura paru long, ce soir ! »

Nous descendons d'auto. La place est déserte ; les boutiques sont fermées, les volets clos. Une lumière brille : le *Maillet d'Or,* vers lequel je vais, les oreilles encore pleines du bourdonnement de la ville. J'approche, pousse la porte, entre. Les camarades emplissent la salle, le grand Paul s'écrie : « Alors ! quoi de neuf à Paname ? »

II

Ce sera bientôt l'été, avec ses beaux jours, ses joies, ses promeneurs.

Pour la fête du Petit-Montlhéry, des forains ont monté leurs baraques en bordure de la route ; le grand Paul a dressé des mâts tricolores devant le *Maillet d'Or* ; mon patron a fait entrer des caisses de bière, car les Parisiens viendront...

Au son d'un orgue de Barbarie, le manège où tournent des chèvres, des cochons, des chevaux, trois carrosses, marche sans arrêt. Les gosses ne le quittent pas ; ils paient cinquante centimes, les grandes personnes un franc. Le métier devient difficile, me raconte le patron, qui prend pension chez nous. On lui demande davantage pour transporter son matériel ; et jamais il n'aura assez d'économies pour se payer un camion, comme ses confrères parisiens. Ceux-ci gâchent le travail avec leurs inventions à l'américaine, leurs manèges à sensations ! La jeunesse délaisse le sien et file s'amuser à Paris. Bientôt, il lui faudra renoncer au métier qui déjà n'est pas drôle. Toujours se déplacer dès qu'arrive le printemps ! Traînant depuis vingt ans son attirail, il fait la Seine-et-Oise.

Les autres sont encore plus à plaindre. Leurs baraques sont vieilles. Le tir est démodé avec ses pipes, ses cibles de carton ou ses pigeons au cœur rouge, la balle de celluloïd qui danse à l'extrémité d'un jet d'eau. Une fois sur deux, les carabines s'enrayent, malgré quoi des gars font un carton, comme au régiment. Et des enfants, avec une arbalète, envoient des balles de bois sur des animaux de carton.

Un couple tient un jeu de massacre. La femme, aux yeux bordés de rouge, au menton moustachu, reprise des bas ; l'homme, assis sur un sac, fume la pipe, sans répondre jamais à ses rares clients. Les mannequins ont des robes de carnaval, des uniformes à la mode de 1900 ; de temps à autre, un gosse lance quelques balles sur leurs faces peinturlurées et crasseuses. La patronne, une bonne cliente du *Maillet d'Or*, me montre une pierre jetée par un gars qui faisait partie d'une bande. « Sûrement des Parisiens. Ils n'ont qu'à rester dans leur capitale tous ces anarchistes ! »

Dans des boutiques ornées de glaces, vrais bazars devant lesquels musardent les indigènes, deux grosses matrones vendent à la fois des sucreries et des jouets : avions, autos, jeux de constructions métalliques.

Avec le soir, la fête s'épanouit. Les ampoules électriques, les lampions, les feux de bengale, illuminent la route. La foule piétine comme sur un boulevard. Et aux terrasses des trois auberges du Petit-Montlhéry on s'écrase.

Après un tour de ville — quatre bonshommes tapant du tambour et sonnant du clairon — le cirque a commencé sa représentation. Spectacle en plein air. Dans un champ, s'élevait un mât auquel était suspendu un appareil à acétylène. Peu de monde sur les chaises des « première », la foule sur des bancs. A l'instar de Paris ! Un acrobate en maillot jaune pisseux, un clown mélancolique ; des chevaux qui traînaient la veille les roulottes ; un chameau dont l'ombre biscornue se dessinait sur un mur ; enfin, on présenta un tigre dans sa cage. Ce fut le clou de la soiree.

On dansait sous une grande tente. Mon patron y avait installé des tables où je servais des gars éméchés, braillards, qui se disputaient des filles vêtues à la mode de la ville. La musique jouait les rengaines célèbres un an plus tôt dans les music-halls parisiens. On tournait d'une façon qui voulait être canaille. A deux heures, saouls de plaisirs, les danseurs se dispersèrent. Devant le *Maillet d'Or,* un groupe se chamailla avec les Polonais qui étaient descendus de leur carrière.

Au matin, les forains empilèrent leur matériel sur des roulottes, vinrent boire un coup au comptoir, et partirent. Le cirque, le dernier, s'en alla. Il tenait cinquante mètres de route, avec ses voitures d'un jaune canari, ses chevaux, un âne savant qui marchait de compagnie avec le chameau.

Au carrefour, les drapeaux flottèrent toute la semaine. Puis Paul déplanta les mâts, qu'il rangea sous un hangar, « jusqu'à la prochaine ».

Mon patron m'avait dit : « Vous verrez, l'été, c'est gai ! Aussi passager que dans votre Paris. »

Le dimanche, alors que j'installe ma terrasse, commencent à défiler les autos. Puis les cyclistes apparaissent, isolés, par bandes, jeunes, hardis, imprudents, courbés sur leurs vélos de course : Alcyon, Olympique, La Rafale, pédalant rond. Parfois, ils s'arrêtent devant le *Maillet d'Or* pour casser la croûte. Ils crient, gesticulent, repartent ; d'autres arrivent, une troupe d'oiseaux piaillards, tous des « purs », des « mordus », dont le rêve est d'aller sur la piste de l'autodrome « faire les écureuils ». Les autos continuent à gronder, ronfler, corner, poursuivies par des motos qui pétaradent et vomissent à ras du sol leur fumée. Il semble que tout Paris descende sur la Nationale N° 20 pour atteindre d'un bond des pays où l'on vivra libres. Là-bas, c'est Étampes et la Beauce, Orléans et la Sologne, la Loire ! Personne ne s'arrête. Tous paraissent absorbés, grisés, fous. Les pavés luisent au soleil ; il flotte dans l'air une odeur de goudron, d'essence ; et c'est un roulement sans fin, un bruit de moteur monstrueux, un ouragan que souffle Paris.

Le grand Paul, les mains dans les poches, regarde et espère voir un chic accident. Il dit : « C'est presque l'avenue des Champs-Elysées. » Le garde-champêtre est là, assistant un gendarme. Il répond au grand Paul : « Depuis ce matin, il en est passé pour des millions » et écarquille les yeux, comme au spectacle.

A midi, quelques autos s'arrêtent devant le *Maillet d'Or*. Je sers des déjeuners. Le phono joue, les clients crient ; le soleil a tapé sur toutes les têtes. Pour un moment, la route est vide.

Avec le soir, en sens inverse, même défilé.

Les cyclistes remontent lentement, en zigzag, engueulant les automobilistes ; ils ont « le coup de pompe », ils traînent, mais portent des fleurs à leur guidon. Les autos roulent, des femmes sont avachies sur les coussins ; elles ont pris dans la campagne une branche, des fleurs, des herbes, qu'elles montreront à Paris comme des trophées. Les phares s'allument ; leurs rayons tapent sur les glaces du bistrot. Des lueurs montent du bas de la route, vers Linas ; des faisceaux de lumière crue percent les ténèbres qui enveloppent le Petit-Montlhéry. Toujours ces appels, ces voix impérieuses, ces aboiements rauques, l'air qui vibre comme au passage d'un express. Tout à coup retentit le sifflet de l'Arpajonnais dont les grondement couvrent les autres bruits. Encore des voitures. Toutes, d'heure en heure, plus pressées d'atteindre au but.

Si je suis libre un moment, au lieu de flâner avec des paysans sur la route, je monte à la Tour. Ici, on étoufferait s'il n'y avait cette butte plantée de beaux arbres que caresse la brise.

Je m'arrête au *Café des Ruines* dont je connais le patron, un Parisien, qui m'a proposé de venir chez lui où je pourrai ramasser de bons pourboires. Le dimanche, il reçoit des couples, des familles, des femmes qui sont venues voir leurs gosses en pension dans l'un des trois établissements de Montlhéry. On aperçoit l'église, des toits, un calme pays sous le ciel doré. Mais le phono marche, la balançoire grince, on danse dans la salle. Jeunes gens débraillés, filles peintes, c'est une atmosphère de guinguette.

Quelquefois, d'un autocar, descend une noce : la mariée, un diadème sur le front, vêtue d'une robe blanche, traînant un long voile ; le marié, le cou serré dans son faux col, les cheveux frisés, la face et les mains rouges ; et les invités, habillés de noir comme pour un enterrement. Les mariés se tiennent par la taille ; au bout d'un moment, ils vont danser. Puis ils reviennent. Il boit ; elle regarde ses souliers de satin déjà défraîchis. Le garçon d'honneur crie : « Vive la noce ! » et propose de visiter les ruines.

Les pensionnaires des institutions défilent sous la surveillance de leurs pions, tandis que des veinards installés à la terrasse avec leur mère boivent une citronnade. « Si tu es sage, dimanche prochain, on t'emmènera à Paris. » Ils montent à la Tour. Le gardien boiteux, qui, dans une cabane voisine, en semaine, répare des chaussures, se tient aujourd'hui près de la porte et serre la main d'une fillette aux longues tresses blondes. De là-haut, les visiteurs crient : « On voit la Tour Eiffel ! On voit Montmartre ! »

Insensiblement meurt la belle saison.

Le dimanche matin, moins violente est la ruée des cyclistes. Chaque jour, des autos poudreuses remontent sur Paris. Dans l'air, quelque chose d'immobile, une tristesse sourde, le silence. « On va pouvoir recommencer à circuler », me dit le père Léon.

Il y eut un temps, pas bien lointain, où le seul bruit de la route était celui du train ; et le trafic se faisait par chevaux. Il reste le père Léon pour en parler. Un bonhomme aux yeux malicieux, au teint rougeaud, vêtu d'une vareuse et d'un pantalon de velours. Le dimanche, il regarde passer les autos et leur souhaite à toutes un accident. Ils sont rares. Le père Léon m'avoue quelle haine il porte à « tout ce tremblement ! »

Lui, vers 1880, conduisait du fourrage à Paris. Il quittait Marcoussis au petit jour, il y rentrait à la nuit. Lorsque sa voiture était vide, il s'étendait sur une planche et laissait aller les chevaux, de ce temps-là, on était tranquille ! Il a fait ce métier jusqu'en 1914 ; les autos l'ont chassé de cette route dont il connaît chaque arbre, et presque chaque pavé. « Leur sale trafic a commencé avec l'Arpajonnais », m'explique-t-il. Il ne gagnait pas grand-chose, il avait plusieurs gosses à nourrir. Sa femme est morte, ses enfants sont morts, il reste et regrette le temps où il se louait à l'année ; on était plus heureux, et plus courageux ; lui faisait des quinze heures par jour !

Ils sont comme ça plusieurs, têtus, bornés, sauvages ; combattants de 1870 — leur guerre — qui s'installent l'après-midi sur un banc pour évoquer le passé.

Il semble que la ville entière le regrette avec eux et se défende contre toute nouveauté. L'autodrome est proche. Personne n'y va, sinon les Parisiens. Sur la grande place, il y a eu la fête paroissiale, plus conséquente que celle du Petit-Montlhéry ; il y a eu le marché chaque lundi ; des mariages, des naissances, des deuils ; dans la région, des drames ; et de par le monde un fracas d'armes et de souffrances. En ville, c'est toujours la même atmosphère de province : les visages se cachent derrière les rideaux, les chats restent immobiles dans les rues désertes, l'herbe pousse haute entre les pavés ; les mêmes bruits retentissent, les heures sonnent au clocher de la vieille église et se perdent. Dans la journée, l'autobus de Saint-Michel-sur-Orge voyage à vide ; quelques voitures s'arrêtent sur la grande place, des représentants de commerce en descendent. Puis le facteur apparaît et distribue le courrier du soir.

Avec l'automne qui apporte le mauvais temps, je revois mes vieux clients. Les uns, ne sont pas venus de l'été ; les autres, dans un coin de salle, se tenaient tranquilles et lorgnaient les Parisiens de passage. Maintenant, le dimanche, ils arrivent un à un, le cordonnier, le grainetier, le boulanger, le garde-champêtre, le charron, le plombier, des cultivateurs. Parfois, un gendarme se joint à eux.

Tous me saluent, je ne suis plus le Parigot ! Chaque groupe a son tapis, ses cartes. Entre deux parties, un joueur parle de son champ, un autre du mauvais temps ; et celui-ci de son dernier voyage à Paris. A tour de rôle, ils y vont traiter des affaires, acheter du matériel, vendre des légumes ; quelquefois, ils font à voix basse le récit d'une aventure. La conversation tombe sur la politique. On discute prudemment, en hommes soucieux de l'ordre et des intérêts du canton, lorsque surviennent, comme un coup d'air frais, le grand Paul et les deux vanniers.

Parfois, une équipe de football rend visite à l'équipe « première » du pays. Ce sont des gars de la banlieue qui matchent ceux de Montlhéry ou ceux de Linas et le plus souvent les battent. La partie terminée, ils viennent au *Maillet d'Or,* en costume : culotte courte, chandail, sandales à pointes. Ils sont fiers de s'exhiber, crient leurs exploits. Les vieux grognent parce qu'on ne s'entend plus, ils louchent vers ces gaillards.

Il y a des jeunes gens qui ne jouent pas au football. Eux fréquentent les bals, renversent les filles, vont à Paris s'amuser. Ils semblent sortir de ces catalogues qui offrent pour 250 francs un costume-confection. Ils portent des chemises à gros pois ou à rayures, des cols de couleur, des cravates brillantes ; ils ont des coiffures magnifiques : cheveux frisés, relevés, pommadés, parfumés ; et leurs grosses pattes s'ouvrent pour donner une tape au voisin. Jamais ils ne parlent métier ni politique. Ils racontent leurs fredaines de l'été, quand ils couraient les bals et les fêtes patronales. Ils se moquent des vieux qui jouent aux cartes. J'imagine le moment où, à leur retour du service, mariés, casés, un enfant sur les bras, ils joueront à la manille le dimanche, et travailleront la terre les jours de semaine.

A l'automne, des autos s'arrêtent encore devant le *Maillet d'Or* ; je sers des casse-croûte aux cyclistes. Et je trouve plus facilement un moment de liberté pour courir la campagne.

Je me rappelle le printemps, mes joies, mes découvertes. Je ne reconnais plus les chemins que j'ai suivis. Je songe qu'au long des mois, à Paris, rien ne change. Chaque jour, aux mêmes heures, je prenais le métro, je traversais des rues, je respirais des odeurs suffocantes.

Je m'étonne que l'homme, absent de cette campagne, en transforme lentement l'aspect. Je suis à trente kilomètres de Paris, on en devine à peine le voisinage. La plaine est nue, avec des boqueteaux, des meules, des fermes. Je traverse un village qui sent le fumier, l'herbe, le bois brûlé ; les paysans me regardent passer entre leurs maisons tristes. Plus d'autos sur les routes. Un paysage immobile. Dans le ciel, l'armée des nuages qui annoncent l'hiver.

Quand je rentre au *Maillet d'Or,* il fait nuit. La salle est pleine, mon patron m'engueule. Je mets un disque sur le phono. Les airs sont mélancoliques, sentimentaux, joyeux ; des javas, des valses, des refrains d'accordéon, de vieilles chansons comme *Le Temps des Cerises* et *La Voix des Chênes.* M. Rebry peut grogner, cette musique rend heureux. On change de peau. Il n'y a plus la nuit, le froid, les chemins déserts, la campagne avec ses saisons et son éternité, mais de la chaleur, de la lumière, de la fraternité entre les hommes. Un langage neuf donne des forces et nous tire d'un tête-à-tête avec nous-mêmes.

A Paris, pour entendre chanter, on s'arrête aux carrefours. Comme ici, dans l'attention de chacun, il y a quelque chose de grave, peut-être un effort vers la vérité et l'amour. Voici la solitude vaincue, la nuit oubliée. On me dit : « Encore un air. » Des gars passent dans la salle de noces et dansent entre eux. Tous ces disques, vendus en bloc avec le phono, nous les connaissons si bien que nous les chantons, mais jamais nous ne nous lassons de les entendre. Les vieux ont laissé tomber leurs cartes. « De notre temps, répètent-ils, on n'avait rien pour se distraire. »

Souvent, le dimanche soir, le grand Paul et moi allons au ciné, rue de Paris, dans une salle où l'on dansait autrefois ; aujourd'hui, au moment des élections, on y tient des réunions. Bancs, fauteuils, chaises pliantes. Un peintre en bâtiment, habitué du *Maillet d'Or,* a décoré les murs et le rideau, où devant un lac, sous un ciel rose, vole un ange. Le rideau se lève et découvre l'écran grisâtre comme un vieux drap. Dans l'obscurité retentissent des rires, des cris de joie, des trépignements. M. Rebry, au piano, tape des marches militaires, des romances, et joue de ses compositions.

De pâles images apparaissent, des paysages estompés, un monde vieillot, folâtre, chevaleresque, qui fit l'année dernière la joie des Parisiens. Des gars racontent que c'est plus chic à Paname ; ils sifflent, pincent leurs voisines ; des gosses glapissent, des femmes jacassent, on entend le bruit des sabots de ceux qui arrivent. Le film s'arrête brusquement, l'opérateur demande deux minutes pour recoller sa pellicule. On le hue.

Pendant l'entr'acte, à la buvette, on vide des bocks. M. Rebry se rassied au piano, commande qu'on fasse silence. Sur la scène paraît une vedette des « grands concerts parisiens ». Une femme qui semble sortir d'une maison close, énorme, maquillée, les cheveux teints, décolletée dans une robe criarde. Elle lance des œillades, commence à chanter, célèbre l'amour, la Côte d'Azur, Paris. Elle se trémousse, fait remuer ses gros seins, danse langoureusement. Des loustics pouffent de rire, tout en la mangeant des yeux. Son tour de chant fini, elle descend dans la salle, et, une corbeille à la main, offre des sifflets, des flacons d'odeur, des pochettes surprises. « Pour mon petit bénéfice. » Les gars peuvent toucher cette beauté, cette poupée parisienne, en respirer le parfum ; dans le noir, on entend ricaner et la voix de la femme : « A bas les pattes, gros cochon ! »

La représentation continue par les « Actualités », celles des mois passés, mais pour nous ce sont les images du monde vivant, toutes les joies, toutes les inquiétudes, toutes les catastrophes, toutes les folies qui bouleversent la terre. Les événements oubliés, ensevelis déjà, sont encore précieux pour nous qui n'avons pas bougé de notre trou. Nous ne sommes pas comme des vieux à guetter la vie, nous la recevons brutalement au visage, nous en voyons les gestes, nous en sentons les derniers soubresauts. Quand revient la lumière, on retrouve la salle dont on avait oublié la petitesse, les trognes des gars de Montlhéry et de Linas, les visages maladroitement fardés des filles, les têtes de bois des paysans. On respire une odeur de tabac, d'haleine, de paille, de chien mouillé.

On part, en bâillant, en jurant. La masse des spectateurs est lourde comme la terre sur laquelle s'acharnent la pluie et le vent. Les groupes se dispersent sur la place silencieuse. « Tu as vu le départ du paquebot ? me demande le grand Paul. Quand j'étais marin, on avait des femmes, on voyait du pays. Ah, les négresses... » Une pluie froide tombe sur les épaules, nous pataugeons. Il regarde le ciel sombre, les maisons sans lumière, et me dit d'une voix dure : « Est-ce qu'on se croit près de Paris ? Ils dorment tous, la tête sur leurs écus, comme si rien ne devait jamais changer. Demain, faudra remettre ça. Ah ! si tu fous le camp, je filerai avec toi. »

Nous regagnons nos chambres.

Je me couche. Devant mes yeux continuent à défiler des images. Comme le grand Paul, j'ai assez vécu ici, je m'endors, je prends peur de l'avenir. Oui, je partirai. Je n'entendrai plus monter les voix rauques des passants qui se mêlent au silence, grincer les carrioles, souffler le chemin de fer, rouler les camions qui vont vers les Halles. Je ne sentirai plus battre le cœur de ce carrefour. Ce n'est pas Paris, et c'est toutefois un peu de sa fièvre. Là-bas, je connais l'existence secrète des rues ; j'y rencontre l'armée des hommes, j'entends une clameur continue qui couvre les voix de la nature.

Je me sens un peu comme en exil, incertain, anxieux. Soudain, le grondement d'une auto, sur le mur la lueur des phares. Oh, combien de fois apparaissent ces papillons de nuit! Combien de fois se tournent mes yeux vers le ciel rouge de Paris!

Un matin de décembre, je fais mes adieux.

J'offre à boire au grand Paul qui ne tient pas sa promesse de me suivre, au facteur, aux vanniers, à mon patron. On me crie que je suis un veinard, comme si dans un pays splendide m'attendait un sort heureux.

« On ira te voir un dimanche! »

Encore un regard sur l'*Auberge du Maillet d'Or*, puis j'arrive sur la grande place. Des commerçants installent leurs étalages, des vieilles jasent devant leurs portes. Des gens vont à leurs travaux, me lancent un coup d'œil surpris. Le garçon du *Maillet* avec une valise! La vie continue. Bientôt, les fêtes de Noël, une année nouvelle. Tandis que sur son socle de pierre, au centre de la place, le poilu jette dans le vide sa grenade.

Quand arrive l'autocar, je respire une dernière fois l'air léger. Des voyageurs montent, redescendront ce soir au même endroit. Moi, non. Je regarde Montlhéry, la Tour, les champs nus. A Saint-Michel-sur-Orge, on achève des maisons de trois étages; je les contemple, comme au retour d'un long voyage.

Durant le trajet, je lis un journal, je me remets au courant! Histoires politiques, crimes, scandales, menaces de guerre, dont j'entendrai bientôt parler au café, dans la rue. Le roulement du train me berce. Je regagne ma ville, doucement, comme un vieux navire son port d'attache. A chaque station, des voyageurs montent, s'entassent, et, au fur et à mesure qu'on approche, leurs conversations changent. Les visages ont déjà la couleur grise des rues; les voix sont fiévreuses, les mouvements brusques. On arrive...

Je reste le dernier dans le wagon ; mêlée à une odeur humaine, je crois sentir encore un peu celle de la campagne. Sur le quai, je vais lourdement, ma valise me battant les jambes. Je tombe dans un trou noir : le métro.

Me voici de retour depuis deux mois.

Il n'a cessé de pleuvoir. Mais je vis entre quatre murs ; et si j'ai à courir dans Paris, je prends le métro. Au crépuscule, je vois s'allumer les enseignes, étoiles au-dessus du sol fangeux ; et le matin, je dors dans une chambre close, au fond d'une cour. A Montlhéry, on doit interroger le ciel, pester contre cet hiver trop humide ; moi, je ne m'occupe plus du temps qu'il fait !

J'avais rapporté de bonnes couleurs que j'ai perdues ; maintenant mon visage est terne et personne ne me regarde plus ; j'avais mené une vie saine. Le mouvement bienfaisant des saisons m'avait fait connaître une sorte d'éternité paysanne. Là-bas, mes gestes étaient sûrs, ma démarche calme, et simple ma pensée.

Désormais, je ressemble à tous. Je crie, je gesticule, je me démène. Je ne crains plus de traverser les rues, de bousculer une femme pour monter vivement dans un autobus, je ne me retiens plus de respirer lorsque je piétine au milieu d'une foule. De nouveau, j'habite à Belleville. Autour de moi, comme des soldats, les camarades marchent vers leurs postes lentement meurtriers, et, en plein tumulte, créent un avenir dont ils ne sont pas les maîtres. Il faut marcher aussi. Cependant, parfois, dans la rue, au café, n'importe où, je ressens une douleur soudaine. Et, entre les murs usés des immeubles, je vois apparaître l'image du Petit-Montlhéry.

Les autos filent sur la route, les nuages courent dans un ciel libre, quelques carrioles s'arrêtent au carrefour. Assis sous une bâche, le grand Paul pousse la scie, le facteur passe, les deux vanniers remuent leurs joncs en parlant politique. Rien n'a changé. Le sommeil de la terre prépare une nouvelle saison; bientôt, sur la colline où se dresse la « Maison du Poète » que Paul Fort habite l'été, les vergers fleuriront. Les heures sonnent au clocher de l'église, des bruits familiers emplissent l'air. Puis le soir vient. Au *Maillet d'Or,* des camarades boivent lentement une chopine en parlant de Paris, peut-être de l'ancien garçon...

Je suis dans la ville de leurs rêves, les pieds dans la boue, enfermé entre des maisons, le cœur en révolte contre notre destin. Je me rappelle cette grande ceinture verte de la campagne, la couleur des saisons, une ligne d'horizon où seuls des arbres s'élèvent vers le ciel. La vue d'un cheval, d'un tas de fumier dans une cour, de l'herbe maigre d'un jardin public, me surprennent. Partout, des hommes au milieu de leur création; des hommes acharnés à détruire, creuser, bâtir, étalant leurs faubourgs, afin que la terre ne soit plus qu'une immense ville à leur image.

POSTFACE
POUR
FAUBOURGS DE PARIS

Avant de paraître, le 28 janvier 1933, sous leur titre de *Faubourgs de Paris,* les textes « Dix-Huitième Arrondissement », « L'École », « Dix-Neuvième Arrondissement », « Grande Banlieue sud » ont été en grande partie publiés dans la presse, de 1931 à 1933. La signature d'Eugène Dabit, lauréat en 1931 du premier Prix populiste, pour lequel il avait concouru avec *L'Hôtel du Nord* et *Petit-Louis,* apparaît — marque de la soudaine notoriété du jeune romancier parrainé par André Gide et Roger Martin du Gard — dans *Europe,* pour des comptes rendus littéraires à partir de 1930, dans *Bifur* pour un premier conte, en juin 1931 : « Louisa ». Et, le 15 septembre 1931, de nouveau dans *Europe,* figure « Dix-Huitième Arrondissement », premier « *essai* » (Dabit le désigne ainsi à Roger Martin du Gard dans une lettre de septembre 1931) d'un ensemble qui devait s'intituler « Atmosphère de Paris ». La deuxième partie de « Dix-Neuvième Arrondissement » a paru le 15 décembre 1932, toujours dans *Europe,* sous le titre de « Belleville ». La suite, « La Villette », a été publiée dans *Les Annales* du 6 janvier 1933, et dans *La Nouvelle Revue Française* du 1er février 1933 (« Parisiens de Belleville »). On trouve encore dans *Regards,* sous le titre de « Vieux Belleville », un extrait de la première partie de « Dix-Neuvième Arrondissement », illustré de photos, comme celui des *Annales.* « Grande Banlieue sud » avait été donné à la revue *Crise* qui, dirigée par Paul Nizan, devait paraître en novembre 1931. Cet « *organe de combat à la disposition de la cause révolutionnaire* », selon les termes du manifeste qui l'annonçait, n'ayant pas vu le jour, Dabit proposa, en janvier 1932, son texte à Jean Paulhan qui ne le retint pas pour *La N.R.F.* (il n'avait pas été enthousiaste non plus pour « Dix-Neuvième Arrondissement »). En fin de compte, « Grande Banlieue sud » fut publié partiellement dans *Lectures du soir* du 3 décembre 1932, accompagné de deux dessins de Marcel Montagnier. Par ailleurs, un poème mettant en scène un des personnages de « Grande Banlieue sud », Paul, le marbrier, a paru dans *Le Journal des Poètes* du 22 novembre 1931. Quant à « L'École », texte ajouté aux trois précédents pour *Faubourgs,* il en existe une première version, publiée en revue sous le titre « Souvenirs de l'École communale » avec une illustration de l'auteur.

Après *L'Hôtel du Nord,* chronique vraie de l'hôtel du canal Saint-Martin que tenaient ses parents depuis 1923, et *Petit-Louis,* récit de l'éducation sentimentale d'un jeune ouvrier qui doit beaucoup à l'auteur, *Villa Oasis,* en 1932, avait été dans l'esprit d'Eugène Dabit son premier véritable roman. Avec *Faubourgs de Paris,* il passe au reportage. Ses textes sont les fragments d'un ouvrage plus ambitieux, conçu parallèlement et annoncé « *En préparation* » sur la page de garde de *Faubourgs* : « *Capitale* ». Dabit y songe depuis juin 1930, quand il déclarait à Roger Martin du Gard : « *J'ai aussi un gros sujet, un livre à écrire dans dix ans. Certaine histoire de Paris, comme j'ai pu écrire celle de* L'Hôtel du Nord. » Sans doute s'était-il rendu compte, dès ses premiers romans, qu'il ne s'éloignerait pas de leur univers : les quartiers populaires du nord-est de Paris, la banlieue que la ville ronge peu à peu. *Capitale,* « *Histoire de Paris de 1900 à 1940, à travers différents quartiers, différents milieux* », comme Dabit l'écrivait encore à Martin du Gard en septembre 1931, ne reçut qu'un commencement d'exécution — des notes prises à partir de décembre 1932 dans un carnet, des coupures de journaux mises de côté en 1934 et 1935. Un autre vestige de ce livre total de la ville est le recueil *Ville lumière,* publié posthume [1] mais envisagé en 1935 pour rassembler les reportages et les récits écrits ou déjà publiés en revue, dans « L'Air du mois » de *La N.R.F.* ou dans *Marianne,* de 1931 à 1935. Dans la table des matières de *Ville lumière* on retrouve les décors de *Faubourgs* : « Boulevard Mortier »,« Métro », « Un bal à Belleville », « À la foire aux puces », « Un dimanche dans la banlieue sud » et même son titre initial : « Atmosphère de Paris ».

Mais surtout, pour *L'Hôtel du Nord* et *Villa Oasis,* Dabit s'était contenté d'encadrer, dans des chapitres taillés au plus court, les faits véridiques, et de leur donner une conclusion plus proprement romanesque : la mort des protagonistes de *Villa,* la démolition de l'hôtel *du Nord.* Dans le récit personnel qu'est *Petit-Louis* ne figure pas la passion de l'auteur pour la peinture qui l'avait accompagné même au front et dont il a voulu faire son métier à son retour de la guerre. *Faubourgs* marque en revanche le passage de la fiction présentée comme telle au témoignage direct. Car le narrateur de *Faubourgs* est Eugène Dabit, posant le masque du romancier impassible de *L'Hôtel du Nord,* ou celui du narrateur de *Petit-Louis,* ou même celui du personnage privilégié derrière lequel il se cache dans *Villa Oasis* : Étienne Arenoud. Dans *Faubourgs* il

1. Le Dilettante, 1987 ; 2e éd. 1989.

déclare parler désormais en son nom propre. Et il présente au lecteur toute sa vie, de l'enfance à 1931, dans l'ordre chronologique des quatre textes du recueil (qui n'est pas, on l'a vu, celui de leur composition).

Cette autobiographie se projette cependant à partir de ce qu'Eugène Dabit est devenu en 1931-1932 : un romancier connu pour ses romans « populistes », maintenant compagnon de route des intellectuels communistes à l'Association des Écrivains et Artistes Révolutionnaires, nouvellement créée. « Dix-Huitième Arrondissement » évoque les lieux où il a véritablement passé son enfance et sa jeunesse : rue du Mont-Cenis, rue de Suez où sa mère fut concierge en 1903-1904, rue Calmels, « L'École » la communale de la rue Championnet et « Dix-Neuvième Arrondissement » Belleville, le quartier de la tante de sa mère. Cette fois-ci, la peinture, qui n'apparaît pas dans la ficton (sinon dans l'inachevé *Mal de vivre* où le héros est peintre), n'est pas oubliée puisque « Dix-Neuvième Arrondissement » décrit les ateliers qu'il partagea avec son camarade Christian Caillard, comme lui peintre débutant vers 1922, rue des Mignottes puis boulevard Sérurier. Les circonstances contemporaines de la rédaction de *Faubourgs* sont tout aussi authentiques : le Hameau des Bois, non loin du Pré-Saint-Gervais, où il habite depuis 1925 avec Béatrice Appia, épousée l'année précédente, l'hôtel du *Maillet d'or*, à Montlhéry, où il a séjourné au printemps de 1931, quand, en instance de divorce, il envisageait un nouveau mariage avec une collaboratrice de la maison Gallimard, Yvonne Vander, allusions que Dabit ne souligne pas.

Il leur donne au contraire un éclairage différent puisque « Grande Banlieue sud » débute par cette explication : « *Depuis un mois, j'habite à Monthléry où un camarade m'a trouvé une place de garçon dans une auberge.* » En réalité, Dabit n'avait résidé au *Maillet d'or* que pour y poursuivre la rédaction de *Villa Oasis* tout en prenant du recul par rapport à sa vie sentimentale. Roger Martin du Gard le savait, et, à la lecture du manuscrit, en août 1932, l'avait reproché à son protégé : « *J'y ai été aussi un peu agacé par l'ostentation que vous mettez à faire le " garçon de café " et à jouer si visiblement le brave prolétaire...* » Il trouvait également excessive l'identification de Dabit aux ouvriers de Belleville, sachant que depuis sa démobilisation en décembre 1919 la vie de l'ancien apprenti serrurier d'avant-guerre a été entièrement consacrée à la peinture, aux voyages, et maintenant à la littérature. La première ligne du recueil n'est pas non plus à prendre au pied de la lettre : « *Je suis né à Paris.* » Cette affirmation répétée dans les nombreuses notices nécrologiques qui, en 1936, ont suivi sa mort en U.R.S.S., a été reprise dans les histoires de la littérature, les dictionnaires, les encyclopédies. Mais Dabit est né à Mers-les-Bains, alors que sa mère y séjournait, même si le domicile « de droit » des parents, tel que l'état civil de Mers l'a enregistré le 22 septembre 1898, était à Paris, passage Duhesme, dans le 18ᵉ arrondissement. Eugène Dabit, chantre du Paris des faubourgs ne pouvait pas être né sous d'autres cieux...

Enfin, Dabit, écrivain engagé, passe dans *Faubourgs* du constat de *L'Hôtel,* de *Petit-Louis* et de *Villa* à la revendication politique, sensible dans « Dix-Huitième Arrondissement », « L'École » et surtout la conclusion en forme de manifeste de « Dix-Neuvième Arrondissement ». Paul Nizan, Louis Aragon qui le pressent depuis deux ans de donner à ses romans une finalité révolutionnaire approuvent — mais du bout des lèvres parce qu'ils la jugent bien timide encore — la nouvelle orientation de *Faubourgs.* Nizan qui définissait dans *La Revue des Vivants* d'octobre 1932 la nécessité d'une propagande artistique reconnaît dans *L'Humanité* du

24 février 1933 : « *Dabit commence enfin à exprimer une révolte qui a un sens de classe.* » Aragon lui écrit de son côté pour lui conseiller de quitter le « *documentaire* » pour le « *documentaire de lutte* ». Et même de Moscou, le représentant de l'Union Internationale des Écrivains Révolutionnaires lui souhaite, avec insistance, le 9 mai 1933, « *des succès que nous ressentirons comme les nôtres* ».

Ses correspondants ne peuvent savoir que Dabit a quelque peu édulcoré — en partie sur les conseils de Roger Martin du Gard — l'expression de son engagement politique, plus discrète dans le texte définitif que dans le manuscrit. Dabit a fait une autre tentative de littérature militante avec *Au Pont-Tournant*[1], fausse pièce de théâtre et véritable échec puisqu'elle n'a pas trouvé preneur. Dans *Faubourgs de Paris*, en revanche, il sait être convaincant, sans élever la voix, quand, mêlé à la foule du métro ou de la foire aux puces, ou marchant seul par les rues pauvres et les terrains vagues de la zone, il traque dans ces lieux où s'est écoulée son enfance le souvenir de moments heureux. Au-delà de la fausse autobiographie, naïve comme une image d'Épinal, ou du moins des retouches apportées à la réalité, il s'exprime avec une sincérité pudique, expose son mal de vivre et son désir de croire quand même au bonheur.

Faubourgs apparaît comme une succession de croquis que, souvent, Dabit a d'abord notés dans son *Journal intime*. En octobre 1930, il y écrivait ce qui aurait pu servir d'épigraphe à presque toute son œuvre : « *Ce Paris, je le connais trop. Pas une rue qui ne me rappelle un souvenir, une odeur, une image.* » Une vieille femme qui vend des journaux dans le métro, à la gare de l'Est, est une silhouette saisie en décembre

1. Écrit en 1932 mais publié posthume, en 1946.

1931. Elle réapparaît, toujours aussi fugitivement, dans les dernières pages de « Dix-Neuvième Arrondissement ». Elle finit par occuper le premier plan d'une nouvelle de *Train de vies.* Comme le *Journal, Faubourgs* avance au pas d'un promeneur parisien attentif aux humbles qu'il côtoie : la porte de Clignancourt, Saint-Ouen, la Butte Montmartre, la Villette, la place des Fêtes, le boulevard de la Chapelle, la porte de Bagnolet, promenade continuée dans la vraie campagne de « Grande Banlieue sud » : Orsay, la vallée de Chevreuse, Orly, La Ville-aux-Bois. Paradoxalement, c'est au soleil des îles Baléares, pendant son séjour de l'été 1932, que Dabit a terminé *Faubourgs de Paris,* notant dans le *Journal* du 11 juillet : « *La première fois que j'ai une vue d'ensemble de ce livre, dont les matériaux sont épars depuis presque deux ans.* »

Fragments d'un journal intérieur, monologue, mais encore récits de choses vues et entendues, *Faubourgs* est tout cela, à mi-chemin de la fiction et de la réalité. Dabit paraît avoir fourni des légendes aux photos de son ami André Kertesz, ou à celles de Robert Doisneau. Comme eux, il nous confie un témoignage sans effets sur quelques coins de rues déserts où continue de vivre un monde englouti. Constat véritable et sincère où passe la mélancolie baudelairienne, le « *Paris change !* » des *Tableaux parisiens,* épigraphe de *Faubourgs.* Comme Baudelaire, Dabit peut conclure : « *Et mes chers souvenirs sont plus lourds que des rocs.* » C'est là toute la démarche de l'auteur de *Faubourgs* : retrouver la ville disparue sous ses nouveaux habits — immeubles neufs déjà délabrés, désespérants comme des casernes, usines monstrueuses qui ont remplacé les jardins, les guinguettes d'autrefois, quartiers éventrés, « *murailles qui cachent le soleil* » — lieux où subsistent quand même dans le souvenir de vieilles femmes et des jeunes enfants qui les écoutent les souvenirs de la

Commune ou de la mobilisation d'août 1914 et de noces presque villageoises au parc des Buttes-Chaumont, vers 1912, tandis qu'au bord du canal Saint-Martin on croit entendre pleurer, solitaire et fourbu, un accordéon diatonique et qu'à Monthléry, le phono tout neuf de l'*Auberge du Maillet d'Or* rejoue sans se lasser *Sous les toits de Paris*.

Pierre-Edmond ROBERT

ŒUVRES D'EUGÈNE DABIT

L'HÔTEL DU NORD, Denoël, 1929.

PETIT-LOUIS, Gallimard, 1930.

VILLA OASIS ou LES FAUX BOURGEOIS, Gallimard, 1932.

FAUBOURGS DE PARIS, Gallimard, 1933.

UN MORT TOUT NEUF, Gallimard, 1934.

L'ÎLE, Gallimard, 1934.

LA ZONE VERTE, Gallimard, 1935.

TRAIN DE VIES, Gallimard, 1936.

LES MAÎTRES DE LA PEINTURE ESPAGNOLE, Gallimard, 1937.

LE MAL DE VIVRE, Gallimard, 1939.

JOURNAL INTIME, 1939. *Édition intégrale (1928-1936)*, Gallimard, 1989.

AU PONT-TOURNANT, Union Bibliophile de France, 1946.

VILLE LUMIÈRE, Le Dilettante, 1987.

Correspondance

EUGÈNE DABIT-ROGER MARTIN DU GARD, P. Bardel éd. C.N.R.S., 1986.

Biographie

D'UN HÔTEL DU NORD L'AUTRE, EUGÈNE DABIT, 1898-1936, par P.-E. Robert, B.L.F.C., 1986.

L'IMAGINAIRE

GALLIMARD

Dernières parutions

105. Jorge Luis Borges : *L'auteur et autres textes.*
106. Paul Gadenne : *La plage de Scheveningen.*
107. Ivy Compton-Burnett : *Une famille et son chef.*
108. Victor Segalen : *Équipée.*
109. Joseph Conrad : *Le Nègre du « Narcisse ».*
110. Danilo Kiš : *Jardin, cendre.*
111. Jacques Audiberti : *Le retour du divin.*
112. Brice Parain : *Joseph.*
113. Iouri Tynianov : *Le lieutenant Kijé.*
114. Jacques Stephen Alexis : *L'espace d'un cillement.*
115. David Shahar : *Un été rue des Prophètes.*
116. Léon Bloy : *L'âme de Napoléon.*
117. Louis-René des Forêts : *La chambre des enfants.*
118. Jean Rhys : *Les tigres sont plus beaux à voir.*
119. C.-A. Cingria : *Bois sec Bois vert.*
120. Vladimir Nabokov : *Le Don.*
121. Leonardo Sciascia : *La mer couleur de vin.*
122. Paul Morand : *Venises.*
123. Saul Bellow : *Au jour le jour.*
124. Raymond Guérin : *Parmi tant d'autres feux...*
125. Julien Green : *L'autre sommeil.*
126. Taha Hussein : *Le livre des jours.*
127. Pierre Herbart : *Le rôdeur.*
128. Edith Wharton : *Ethan Frome.*
129. André Dhôtel : *Bernard le paresseux.*
130. Valentine Penrose : *La Comtesse sanglante.*
131. Bernard Pingaud : *La scène primitive.*
132. H. G. Wells : *Effrois et fantasmagories.*
133. Henri Calet : *Les grandes largeurs.*
134. Saul Bellow : *Mémoires de Mosby et autres nouvelles.*

135. Paul Claudel : *Conversations dans le Loir-et-Cher.*
136. William Maxwell : *La feuille repliée.*
137. Noël Devaulx : *L'auberge Parpillon.*
138. William Burroughs : *Le festin nu.*
139. Oskar Kokoschka : *Mirages du passé.*
140. Jean Cassou : *Les inconnus dans la cave.*
141. Jorge Amado : *Capitaines des Sables.*
142. Marc Bernard : *La mort de la bien-aimée.*
143. Raymond Abellio : *La fosse de Babel.*
144. Frederic Prokosch : *Les Asiatiques.*
145. Michel Déon : *Un déjeuner de soleil.*
146. Czeslaw Milosz : *Sur les bords de l'Issa.*
147. Pierre Guyotat : *Éden, Éden, Éden.*
148. Patrick White : *Une ceinture de feuilles.*
149. Malcolm de Chazal : *Sens-plastique.*
150. William Golding : *Chris Martin.*
151. André Pieyre de Mandiargues : *Marbre ou Les mystères d'Italie.*
152. V. S. Naipaul : *Une maison pour Monsieur Biswas.*
153. Rabindranath Tagore : *Souvenirs d'enfance.*
154. Henri Calet : *Peau d'Ours.*
155. Joseph Roth : *La fuite sans fin.*
156. Marcel Jouhandeau : *Chronique d'une passion.*
157. Truman Capote : *Les domaines hantés.*
158. Franz Kafka : *Préparatifs de noce à la campagne.*
159. Daniel Boulanger : *La rose et le reflet.*
160. T. F. Powys : *Le bon vin de M. Weston.*
161. Junichirô Tanizaki : *Le goût des orties.*
162. *En mouchant la chandelle (Nouvelles chinoises des Ming).*
163. Cesare Pavese : *La lune et les feux,* précédé de *La plage.*
164. Henri Michaux : *Un barbare en Asie.*
165. René Daumal : *La Grande Beuverie.*
166. Hector Bianciotti : *L'amour n'est pas aimé.*
167. Elizabeth Bowen : *La maison à Paris.*
168. Marguerite Duras : *L'Amante anglaise.*
169. David Shahar : *Un voyage à Ur de Chaldée.*
170. Mircea Eliade : *Noces au paradis.*
171. Armand Robin : *Le temps qu'il fait.*
172. Ernst von Salomon : *La Ville.*
173. Jacques Audiberti : *Le maître de Milan.*

174. Shelby Foote : *L'enfant de la fièvre.*
175. Vladimir Nabokov : *Pnine.*
176. Georges Perros : *Papiers collés.*
177. Osamu Dazai : *Soleil couchant.*
178. William Golding : *Le Dieu scorpion.*
179. Pierre Klossowski : *Le Baphomet.*
180. A. C. Swinburne : *Lesbia Brandon*
181. Henri Thomas : *Le promontoire.*
182. Jean Rhys : *Rive gauche.*
183. Joseph Roth : *Hôtel Savoy.*
184. Herman Melville : *Billy Budd, marin,* suivi de *Daniel Orme.*
185. Paul Morand : *Ouvert la nuit.*
186. James Hogg : *Confession du pécheur justifié.*
187. Claude Debussy : *Monsieur Croche* et autres écrits.
188. Jorge Luis Borges et Margarita Guerrero : *Le livre des êtres imaginaires.*
189. Ronald Firbank : *La Princesse artificielle,* suivi de *Mon piaffeur noir.*
190. Manuel Puig : *Le plus beau tango du monde.*
191. Philippe Beaussant : *L'archéologue.*
192. Sylvia Plath : *La cloche de détresse.*
193. Violette Leduc : *L'asphyxie.*
194. Jacques Stephen Alexis : *Romancero aux étoiles.*
195. Joseph Conrad : *Au bout du rouleau.*
196. William Goyen : *Précieuse porte.*
197. Edmond Jabès : *Le Livre des Questions,* I.
198. Joë Bousquet : *Lettres à Poisson d'Or.*
199. Eugène Dabit : *Petit-Louis.*
200. Franz Kafka : *Lettres à Milena.*
201. Pier Paolo Pasolini : *Le rêve d'une chose.*
202. Daniel Boulanger : *L'autre rive.*
203. Maurice Blanchot : *Le Très-Haut.*
204. Paul Bowles : *Après toi le déluge.*
205. Pierre Drieu la Rochelle : *Histoires déplaisantes.*
206. Vincent Van Gogh : *Lettres à son frère Théo.*
207. Thomas Bernhard : *Perturbation.*
208. Boris Pasternak : *Sauf-conduit.*
209. Giuseppe Bonaviri : *Le tailleur de la grand-rue.*
210. Jean-Loup Trassard : *Paroles de laine.*
211. Thomas Mann : *Lotte à Weimar.*

212. Pascal Quignard : *Les tablettes de buis d'Apronenia Avitia.*
213. Guillermo Cabrera Infante : *Trois tristes tigres.*
214. Edmond Jabès : *Le Livre des Questions,* II.
215. Georges Perec : *La disparition.*
216. Michel Chaillou : *Le sentiment géographique.*
217. Michel Leiris : *Le ruban au cou d'Olympia.*
218. Danilo Kiš : *Le cirque de famille.*
219. Princesse Marthe Bibesco : *Au bal avec Marcel Proust.*
220. Harry Mathews : *Conversions.*
221. Georges Perros : *Papiers collés,* II.
222. Daniel Boulanger : *Le chant du coq.*
223. David Shahar : *Le jour de la comtesse.*
224. Camilo José Cela : *La ruche.*
225. J. M. G. Le Clézio : *Le livre des fuites.*
226. Vassilis Vassilikos : *La plante.*
227. Philippe Sollers : *Drame.*
228. Guillaume Apollinaire : *Lettres à Lou.*
229. Hermann Broch : *Les somnambules.*
230. Raymond Roussel : *Locus Solus.*
231. John Dos Passos : *Milieu de siècle.*
232. Elio Vittorini : *Conversation en Sicile.*
233. Edouard Glissant : *Le quatrième siècle.*

Composition Bussière
et impression S.E.P.C.
à Saint-Amand (Cher), le 26 avril 1990.
Dépôt légal : avril 1990.
Numéro d'imprimeur : 618-365.
ISBN 2-07-071963-4./Imprimé en France.

49348

Ketog

Instant Pot

100 Easy, Delicious, and Healthy Recipes to Cook in the Pressure Cooker

by

Allyson C. Naquin

Introduction

Congratulations on downloading your personal copy of *Ketogenic Diet Instant Pot*. Thank you for doing so.

The following chapters will provide you 100 recipes, and information on the benefits of the ketogenic diet.

There are plenty of books on this subject on the market, thanks again for choosing this one! Every effort was made to ensure it is full of as much useful information as possible. Please enjoy!

Congratulations on downloading your personal copy of *Ketogenic Diet Instant Pot*. Thank you for doing so.

The Ketogenic Diet

A popular low-carb diet, the keto diet works by keeping your body in a state of ketosis where it produces ketones that are used for energy. Foods that are high in carbs cause the body to produce glucose and insulin.

Because glucose gets used for energy, the fat that's consumed isn't used and is stored. With a diet high in carbs, the body will continue to use glucose for energy. As you lower your carb intake, the body will reach ketosis.

Ketosis happens whenever food consumption becomes low in order to help the person live. During this state, the body produces ketones that the liver produces to break fats down. The purpose of the keto diet is to force the body to enter this state, but this isn't done by starving our self. It's done by starving the body of carbohydrates.

Adding the use of an Instant Pot only makes it easier to reap all of the benefits of the keto diet. The Instant Pot will make cooking your meals easier and healthier. You could probably also take you favorite keto recipes you have and change them to be cooked in the Instant Pot if you want. The Instant Pot just makes life easier when it comes to cooking, so let's look at the benefits it can help you receive.

Weight Loss

When on a keto diet, you get your energy from your body fat, so you are going to start losing weight. Your insulin level is going to drop significantly, and this makes the body burn more fat.

Past research has discovered that a keto diet will provide better results than a low-fat, high-carb diet, and this is true for long-term results as well.

A lot of keto dieters will drink ketoproof coffee in the morning to add more MCT oils to their diet, which you can get from coconut oil or by purchasing MCT oil. This is will fat loss and produces more ketones.

Cholesterol and Blood Pressure

This diet will also improve your cholesterol and triglyceride levels that are connected to a buildup in the arteries. When compared to a diet that is low in fat, a low-carb diet will raise HDL levels and lower LDL levels.

Most of the research into low-carb diets found that they have shown better improvement in blood pressure levels than other types of diets. Excessive weight is connected to blood pressure, so this makes the keto diet a bonus because it helps you to lose weight.

Before you dive into this diet, you will need to make a plan. A number of carbs you consume will be dependent on the amount of weight you want to lose and how fast you want to lose it. The lower the number of net carbs you consume, the faster you are going to lose weight.

You will have to limit the number of carbs found in all types of foods. You shouldn't eat refined sugars that are found in fruit, wheat, legumes, bread, beans, pasta, potatoes, cereals, and starch. There are expectations, such as avocado, star fruits, and berries.

The keto diet is a diet that is low in carbs, moderate in proteins, and high in fats. This means that your calories should break down with 70% coming from fats, 25% coming from protein, and 5% from carbs.

You should start out at 20 to 30 net carbs per day, but you can reduce the number further if you are looking to lose weight faster, but not too fast. You will want to keep track of your macros.

To figure out your net carbs, you take the total carb amount and subtract the dietary fiber amount. This means if a food has a total carb amount of 30 and a dietary fiber content of 26, then the net carb amount is going to be 4 net carbs.

Now, once you start the diet, actually reaching ketosis is fairly simple. You reach ketosis by restricting your carb intake to around 20 grams of net carbs per day. You also need to limit your protein. You can have more protein than carbs, but too much can slow your ketosis because the body can change it to glucose.

There's no need to worry about your fat intake; your body is just going to burn that and will need it for energy. This ensures that you won't enter starvation mode.

Keep yourself hydrated and drink plenty of water. This will help with hunger and regulate normal bodily functions.

You may develop the keto flu as well. This will mimic the regular flu where you will feel lethargic, tired, nauseated, and unmotivated. This will normally only happen in the first week or two and shouldn't last more than a few days. It goes away once your body becomes used to the keto diet. Increase your water and salt intake can also lessen the symptoms.

Now I believe you are ready to move onto the tasty recipes that you can fix quickly in your Instant Pot.

Main Dishes

1. Easy Balsamic Pot Roast

Serves: 10

Prep: 5 minutes

Ingredients:

Parsley, chopped – garnish

¼ tsp xanthan gum

1 tsp garlic powder

½ c onion, chopped

2 c water

3 lb boneless chuck roast

¼ c balsamic vinegar

1 tsp pepper

1 tbsp kosher salt

Directions:

Slice your roast in half and season it with the garlic, pepper, and salt. Set your pot to sauté and brown up the roast,

Place the onion, water, and balsamic vinegar. Place the lid and seal it. Set it to manual and cook for 35 minutes.

Once done, quick release the pressure and remove the lid.

Carefully take the meat and chunk it up and get rid of any large pieces of fat.

Set the pot back on sauté, and let the mixture in the pot start to boil. Let it cook for around ten minutes. Mix the xanthan gum and mix the meat back in. Turn the heat off and serve on top of cauliflower with some fresh parsley.

Nutrition Information per Serving:

Calories: 393 Protein: 30g Carbohydrates: 3g net Fat: 28g

2. Unstuffed Cabbage Roll Soup

Serves: 9

Prep: 15 minutes

Ingredients:

5 c beef broth

½ tsp oregano

1 tsp salt

2 c riced cauliflower

16 oz marinara sauce

1 tsp pepper

8 c sliced cabbage

2 lb ground beef

½ c shallots, chopped

2 tbsp EVOO

½ c onion, chopped

1 tsp parsley

2 minced garlic cloves

Directions:

Set your Instant Pot to sauté and place the garlic and olive oil until fragrant. Mix the shallots and onions and cook until they become soft.

Mix the ground beef and allow it to brown. Mix the marinara sauce and all the seasonings. Stir well until the beef is coated.

Stir in the cauliflower, and make sure it is coated with the beef mixture.

Mix the cabbage and the beef broth and place the lid into place.

Set the Instant Pot to slow cook for three hours. Take the lid off once done and stir everything together before serving.

Nutrition Information per Serving:

Calories: 312 Protein: 31.1g Carbohydrates: 9.8g net Fat: 15.2g

3. Chili

Serves: 10

Prep: 10 minutes

Ingredients:

1 bay leaf

2 tbsp Worcestershire sauce

2 15 oz can diced tomatoes

1 tbsp oregano

6 oz can tomato paste

2 tbsp cumin

1 tsp pepper

8 garlic cloves, minced

2 tsp sea salt

½ large onion, chopped

4 oz can green chilies

¼ c chili powder

2 ½ lb ground beef

Directions:

Set your Instant Pot to the sauté setting. Mix the onion and let it cook for five to seven minutes, or until they become translucent. Mix the garlic until it becomes fragrant, don't let it burn.

Add the beef, and cook. This will take about eight to ten minutes.

Stir all the other ingredients, except for the bay leaf, until well combined. Nestle the bay leaf into the middle of the mixture, but do not stir.

Place the lid on and lock it into place. Stop the sauté cycle and set it to the meat/stew setting and cook for 35 minutes.

Allow the pressure to release naturally. Take out the bay leaf, and stir everything together again. Enjoy.

Nutrition Information per Serving:

Calories: 393 Protein: 23g Carbohydrates: 10g net Fat: 18g

4. Pork Ribs

Serves: 6

Prep: 10 minutes

Ingredients:

5 lbs of pork ribs, country style

Rub:

1 tsp onion powder

1 tsp paprika

½ tsp allspice

1 ½ tbsp kosher salt

½ tsp pepper

1 tbsp erythritol

½ tsp ground coriander

1 tsp garlic powder

Sauce:

¼ tsp xanthan gum

½ tsp onion powder

½ tbsp allspice

½ tbsp ground mustard

2 tbsp red wine vinegar

¼ tsp liquid smoke

½ c water

2 tbsp erythritol

½ c ketchup

Directions:

Mix all of the dry rub ingredients together and rub it into the ribs. Coating them all very well.

Place the ribs in the Instant Pot, stacking them on top of each other.

Mix together the onion powder, allspice, mustard, liquid smoke, water, vinegar, sweetener, and ketchup. Make sure everything is whisked together.

Pour the mixture into the pot over the ribs.

Place the lid on and seal it into place. Set to manual and for 35 minutes at high pressure.

Once it is done, release all of the pressure and take off the lid.

Set the ribs out onto a plate.

Whisk the xanthan gum into the sauce mixture and set the pot to sauté and let it thicken for ten minutes. Serve the sauce over the ribs.

Nutrition Information per Serving:

Calories: 387 Protein: 27g Carbohydrates: 2g net Fat: 29g

5. Chicken

Serves: 10

Prep: 10 minutes

Ingredients:

6 garlic cloves, peeled

1 tsp paprika

2 tbsp lemon juice

¼ tsp pepper

1 tbsp coconut oil

1 ½ c bone broth

1 tsp thyme

4 lb whole chicken

½ tsp sea salt

Directions:

Mix together the pepper, salt, thyme, and paprika together. Rub this mixture all over the chicken.

Add the coconut oil in the Instant Pot. Allow it to cook until it starts to simmer. Set the chicken in the pot with the breast down for six to seven minutes.

Flip the chicken and add the garlic cloves, broth, and lemon juice.

Place the lid and lock it into place. Set the pot to high. Set to 25 minutes.

Once done, release the pressure.

Ease the chicken out of the pot and allow it to sit for five minutes before you serve it.

Nutrition Information per Serving:

Calories: 413 Protein: 32.6g Carbohydrates: .7g net Fat: 30.2g

6. Lamb Shanks

Serves: 4 to 6

Prep: 5 minutes

Ingredients:

1 tsp fish sauce

1 lb Roma tomatoes

2 medium carrots, chopped

1 large onion, chopped

3 garlic cloves, smashed

1/5 c minced parsley

1 tbsp tomato paste

1 c bone broth

1 tbsp balsamic vinegar

2 tbsp ghee, divided

Pepper

2 celery stalks, chopped

Salt

3 lb lamb shanks

Directions:

Season your lamb shanks with some pepper and salt. Set your Instant Pot to sauté and add the ghee. Place in the lamb shanks and sear.

As the lamb is searing in the pot, take this time to chop up all of your vegetables. Take the lamb out of your pot and set it to the side.

Put in the remaining ghee in. Place the celery, carrots, and onions in the pot and sprinkle with some pepper and salt.

After the veggies have softened up, add the garlic cloves and tomato paste and stir everything together for a minute.

Place the shanks back into the pot as well as the tomatoes. Add the balsamic vinegar, bone broth, and fish. Give it a little more fresh pepper, and then lock the lid into place. Set to manual on high pressure to cook for 50 minutes.

Once everything is done, quick release the pressure and remove the lid.

Adjust the sauce flavorings as needed, and serve the lamb covered in the sauce.

Nutrition Information per Serving:

Calories: 180 Protein: 7g Carbohydrates: 4g net Fat: 5g

7. Rotisserie Chicken

Serves: 4 to 6

Prep: 8 minutes

Ingredients:

1 ½ tsp salt

1 lemon, halved

1 tsp garlic powder

1 onion, quartered

½ tsp pepper

1 c chicken broth

1 whole chicken

1 tsp paprika

1 ¾ tbsp avocado oil

Directions:

Clean the chicken thoroughly and pat dry. Slide the onion and the lemon into the chicken's cavity.

Stir together all of the above spices, and then mix the oil. Mix until well incorporated.

Switch your Instant Pot to sauté mode. Rub half the spice mixture all over the top side of the chicken. Lay your chicken into the pot with the breast side down.

Rub the remainder of the spice mixture on the other half of the chicken.

Let the chicken cook for three to four minutes. Carefully flip over the chicken, and let the skin on the bottom crisp.

Pour the chicken stock.

Set the lid on and lock into place. Set on high and let it cook for 25 minutes. Once done, release pressure.

Remove the lid and set out the chicken. Allow it to rest for five minutes.

Nutrition Information per Serving:

Calories: 180 Protein: 19g Carbohydrates: 0g net Fat: 12g

8. Pork Chops

Serves: 5

Prep: 5 minutes

Ingredients:

4-6 boneless pork chops

1 c water

1 stick butter

1 package ranch mix

1 tbsp coconut oil

Directions:

Set the cooker to sauté and add the coconut oil to the pot. Brown chops. Add the butter and then sprinkle the ranch packet.

Pour the water and place the lid on and lock in place. Set to manual for five minutes.

Let pressure release, then pour over the buttery mix.

Nutrition Information per Serving:

Calories: 300 Protein: 27g Carbohydrates: 4g net Fat: 16g

9. Broccoli Cheese Soup

Serves: 4 to 6

Prep: 3 minutes

Ingredients:

4 c chicken stock

¼ tsp garlic powder

1 tsp pepper

1 c shredded carrots

1 c heavy cream

1 bunch broccoli, florets only

1 tsp salt

1 tbsp onion powder

2 c cheddar cheese

2 tbsp butter

Directions:

Set the cooker to sauté and add the butter until hot. Place all the ingredients except cheese and heavy cream. Place the lid on and lock into place.

Set on high for five minutes. Release pressure and mix the cheese and cream. Enjoy.

Nutrition Information per Serving:

Calories: 92 Protein: 7.3g Carbohydrates: 8g net Fat: 2.2g

10. Crack Chicken

Serves: 6

Prep: 5 minutes

Ingredients:

¼ tsp xanthan gum

1 packet ranch seasoning

2 lb chicken breast

4 oz cheddar cheese

8 oz cream cheese

6-8 slices bacon, cooked

Directions:

Place the chicken and cream cheese and sprinkle with the ranch seasoning. Add a cup of water and set on high for 25 minutes.

Release the pressure and shred the chicken. Then, set the pot to sauté and mix the xanthan gum, chicken, and cheese. Mix the bacon and enjoy.

Nutrition Information per Serving:

Calories: 540 Protein: 46g Carbohydrates: 8g net Fat: 46g

11. Chicken Wings

Serves: 2-3

Prep: 5 minutes

Ingredients:

½ c BBQ sauce

2 lb chicken wings

Directions:

Add a cup of water to your pot and set in a steamer basket. Place the wings, then lock the lid and cook on high for five minutes. Once done, naturally release the pressure. Remove the chicken and toss the barbecue sauce.

Nutrition Information per Serving:

Calories: 150 Protein: 10g Carbohydrates: 2g net Fat: 14g

12. Italian Beef

Serves: 12 cups

Prep: 5 minutes

Ingredients:

6 portobello mushrooms

1 tsp onion powder

2 tbsp Dijon

¼ tsp pepper

2 ½ lb chuck roast

1 tsp rosemary

½ c water

1 tsp basil

1 tsp oregano

1 tsp garlic powder

¼ tsp salt

1 tbsp red wine vinegar

Directions:

Mix the spice together and rub on the roast. Add the oil and place to sauté and sear the roast. Add the vinegar and water. Set to slow cook for 7-8 hours. Take out the beef and shred.

Skim off the fat and mix the Dijon, then stir the beef back in and serve on the mushrooms

Nutrition Information per Serving:

Calories: 410 Protein: 30g Carbohydrates: 6g net Fat: 24g

13. Beef Short Ribs

Serves: 4 to 6

Prep: 5 minutes

Ingredients:

3 cloves minced garlic

¼ tsp xanthan gum

2 tbsp tomato paste

2 tbsp olive oil

½ c dry red wine

1 large chopped onion

2 slices bacon, chopped

1 c beef broth

4 large beef short ribs

Directions:

Season the ribs with pepper and salt. Put oil in the Instant Pot and Set the cooker to sauté. Once the oil is hot, brown the ribs in batches. Place on the plate until all the ribs have been browned.

Add the bacon to the Instant Pot and cook until crispy. Add onion and cook until soft, then mix the garlic in until it is fragrant.

Mix in wine and deglaze the pot. Place the tomato paste and beef broth and mix, then place the ribs.

Close the lid and seal, then set on high for 40 minutes. When done, naturally release the pressure for ten minutes and quick release any remaining.

Remove the ribs and place on the plate. Cover with foil to keep warm. Strain juices to remove any fat, then return to the pot.

Add xanthan gum to juices. Set the cooker to sauté and allow to boil. Stir until juices thicken, then turn off the pot.

Add the ribs and toss to coat. Put the lid on and allow the ribs to absorb sauce for ten minutes. Stir to coat.

Have with cauliflower.

Nutrition Information per Serving:

Calories: 820.8 Protein: 93.1g Carbohydrates: 4.6g net Fat: 43.1g

14. Beef Stew

Serves: 4

Prep: 5 minutes

Ingredients:

1 sliced onion

3 c beef broth

2 bay leaves

2 tbsp olive oil

6 sprigs thyme

4 cloves garlic

4 carrots, peeled and sliced

2 lbs. beef stew meat

1 c water

1 tbsp tomato paste

Directions:

Season the meat with pepper and salt. Add oil and Set the cooker to sauté. When the oil is hot, brown the meat for about five minutes. Do this in two batches.

Once the beef is browned, add carrots, garlic, and onion. Sauté a bit. Add thyme sprigs, bay leaves, tomato paste, and broth.

Close and seal the lid. Set on high. When Instant Pot starts to release steam, set the timer for 25 minutes. Naturally release the pressure, then take off the lid. Adjust seasonings as you see fit.

Nutrition Information per Serving:

Calories: 392 Protein: 54g Carbohydrates: 6g net Fat: 17g

15. Chicken and Broth

Serves: 6 to 8

Prep: 5 minutes

Ingredients:

10 c water

4 lb. chicken

1 chopped onion

2 tsp salt

1 tbsp black peppercorns

2 sliced celery stalks

2 bay leaves

3 carrots, peeled and sliced

2 tbsp olive oil

Directions:

Set the cooker on sauté and pour the oil and heat. Once hot, cook carrots, onion, and celery for five minutes.

Add the chicken breast side down. Add bay leaves, peppercorns, and salt. You can add any fresh herbs and seasonings of your choice here. Add water to cover chicken.

Close and seal the lid, the set on high. When it begins to release steam, set the timer for 35 minutes. Naturally release the pressure and take off the lid.

Remove the chicken and take the meat off the bone.

Serve as you like.

Nutrition Information per Serving:

Calories: 472 Protein: 36g Carbohydrates: 10g net Fat: 32g

16. Pork Roast with Mushroom Gravy

Serves: 9

Prep: 11 minutes

Ingredients:

4 c chopped cauliflower

1 tsp salt

1 medium onion, chopped

8 oz. portobello mushrooms, sliced

2 ribs celery

½ tsp black pepper

3 lb. pork roast

4 cloves garlic

2 c water

2 tbsp coconut oil

Directions:

Put water, celery, garlic, onion, and cauliflower in the bottom of the Instant Pot. Put the pork roast on top and season with pepper and salt.

Set to manual for 90 minutes if the roast is frozen and 60 minutes if thawed. Once done, quickly release the pressure.

Remove roast and put in the oven proof dish. Set the oven to 400 and cook while fixing gravy.

Place broth and vegetables in the blender. Blend until smooth, then set aside.

Set the cooker on sauté, then add the coconut oil and melt. Cook mushrooms until soft. Put blended veggies back into the Instant Pot and sauté until thick.

Serve over shredded pork.

Nutrition Information per Serving:

Calories: 521 Protein: 42g Carbohydrates: 7g net Fat: 36g

17. Egg Roll Soup

Serves: 6

Prep: 3minutes

Ingredients:

1 tsp ground ginger

1 tsp onion powder

1 tsp salt

2 c shredded carrots

½ head chopped cabbage

4 c beef broth

1 large diced onion

2/3 c coconut aminos

1 tsp garlic powder

1 tbsp olive oil

1 lb. ground pork

Directions:

Set the cooker on sauté, then pour the olive oil. When heated, add the pork. Once the pork is brown, add the onion and cook until pork is done.

Add the rest of the ingredients, then close and seal the lid. Set on high for 25 minutes then release the pressure.

Remove the lid and serve.

Nutrition Information per Serving:

Calories: 340 Protein: 18g Carbohydrates: 24g net Fat: 19g

18. Sausage and Peppers

Serves: 5

Prep: 5 minutes

Ingredients:

2 tsp garlic powder

1 15 oz. can tomato sauce

4 large bell peppers, cut into strips

1 c water

1 tbsp Italian seasoning

1 28 oz. can diced tomatoes

1 tbsp basil

2 19 oz. pkg. Italian sausage

Directions:

Place the Italian seasoning, garlic powder, basil, water, tomato sauce, and tomatoes into the Instant Pot. Put peppers on top. DO NOT MIX.

Close and seal the lid. Set on high for 25 minutes.Once done, release the pressure then open the lid. Serve and enjoy.

Nutrition Information per Serving:

Calories: 606 Protein: 31g Carbohydrates: 10g net Fat: 43g

19. Kalua Pork

Serves: 12

Prep: 5 minutes

Ingredients:

2 tsp salt

1 tbsp liquid smoke

½ c water

1 tbsp olive oil

4 lb pork butt

Directions:

Cut the pork butt in half. Set the cooker on sauté. Pour the oil and allow to heat. After it's hot, brown the pork. When both halves are browned, turn the pot off and add liquid smoke and water. Place roasts into the pot then sprinkle with salt.

Close and seal the lid. Set on high for 90 minutes. When timer sounds, naturally release the pressure for about 20 minutes. Remove the lid.

Take the meat out and shred. Throw away any fat. Add juices to the pot to keep the meat moist.

Serve over riced cauliflower.

Nutrition Information per Serving:

Calories: 415 Protein: 36g Carbohydrates: 0g net Fat: 30g

20. Ribs with Coleslaw

Serves: 4

Prep: 30 minutes

Ingredients:

Ribs:

½ tsp paprika

½ tsp dry mustard

2.5 lbs. baby back ribs

¾ tsp black pepper

1 tsp onion powder

½ tsp chili powder

½ tsp garlic powder

1 c favorite barbecue sauce

½ tsp salt

Coleslaw:

1 small head cabbage

¼ c apple cider vinegar

½ head red cabbage

2 shredded carrots

1 c mayonnaise

2 tbsp sweetener of choice

Pepper

Salt

Directions:

Make the rub for ribs: Mix chili powder, pepper, dry mustard, garlic powder, salt, paprika, and onion powder. Stir to combine.

Cut the ribs into pieces, so they will fit in the Instant Pot. Stacking is okay. Coat ribs with dry rub.

Add one inch of water to the bottom. Place a trivet inside. Stack ribs on the trivet. Close and seal the lid. Set on high for 15 minutes.

While the ribs are cooking make the coleslaw: Put cabbage and carrots in large bowl. In a smaller bowl, mix the pepper, salt, sweetener, apple cider vinegar, and mayonnaise. Stir well to combine. Pour over cabbage and stir well to coat. Refrigerate until serving.

When the ribs are done, quick release the pressure. Put ribs on a plate. Remove the trivet and discard the liquid.

Add some barbecue sauce to the bottom of the pot and add some ribs, more sauce, more ribs, repeat until all the ribs and the sauce have been used.

Close and seal the lid. Set on high and cook for ten minutes.

Quick release the pressure and put ribs on the serving plates.

Serve with coleslaw and enjoy.

Nutrition Information per Serving:

Calories: 958 Protein: 37g Carbohydrates: 19g net Fat: 76g

21. Chicken Chili Verde

Serves: 6

Prep: 10 minutes

Ingredients:

Salt

1 tbsp whole cumin seed

1 medium onion

1 tbsp fish sauce

2 Serrano chilies, stem removed, rough chopped

½ c cilantro leaves

2 Anaheim peppers, seeds and stem removed, rough chopped

6 cloves garlic, peeled

2 poblano peppers, seeds and stem removed, rough chopped

4 tomatillos, husks removed, quartered

3 lb. bone-in skinless chicken thighs

Directions:

Place cumin, garlic, onion, peppers, tomatillos, and chicken in the Instant Pot. Sprinkle generously with salt. Heat on high until simmering. Close and seal the lid. Set on high and cook 15 minutes. Quick release the pressure.

Carefully remove the chicken and place on a plate. Add fish sauce and cilantro. Blend with immersion blender until as smooth as you like it. Taste and adjust seasoning if needed. Put the chicken back in the cause. You can shred chicken if you would like or leave pieces whole. Place in a bowl and add cilantro and lime wedge. Serve and enjoy.

Nutrition Information per Serving:

Calories: 297 Protein: 45g Carbohydrates: 8g net Fat: 9g

22. Fall Off the Bone Chicken

Serves: 10

Prep: 10 minutes

Ingredients:

6 cloves garlic

1 ½ c chicken broth

¼ tsp black pepper

½ tsp salt

1 tbsp coconut oil

1 whole 4 lb. chicken

1 tsp paprika

2 tbsp lemon juice

1 tsp thyme

Directions:

Mix pepper, salt, thyme, and paprika. Rub on the chicken.

Set the cooker on sauté and heat the oil. Place the chicken in the pot, breast side down. Cook for seven minutes. Quick release the pressure, then open the lid and turn the chicken over. Add broth, garlic, and lemon juice.

Close and seal the lid. Set on high for 25 minutes.

Naturally release the pressure, then carefully open and take out the chicken. Let it stand for five minutes before you cut into it.

Nutrition Information per Serving:

Calories: 413 Protein: 32.63g Carbohydrates: .689g net Fat: 30.2g

23. Butter Chicken

Serves: 10

Prep: 15 minutes

Ingredients:

½ c cilantro

2 tsp garlic powder

½ c sliced almond

2 heaping tsp garam masala

2 heaping tsp paprika

2 cans refrigerated coconut milk

2 c stewed tomatoes

2 tsp ground ginger

12 oz. tomato paste

1 ½ tsp cayenne pepper

2 heaping tsp turmeric

3 tsp salt

1 ½ large chopped onions

1 tbsp ghee

3 lb. boneless skinless chicken thighs, diced

Directions:

Set the cooker to sauté, the melt the ghee. Add onions and two teaspoons of salt. Cook until onions are soft.

Add cayenne, paprika, turmeric, ginger, and garlic. Mix well and cook until fragrant.

Add canned tomatoes and watery part of coconut milk. Mix well with spices. Scraping spices off the bottom.

Add the chicken and stir well to combine, then close and seal the lid.

Set to manual and cook for eight minutes. Quick release the pressure. Stir coconut cream, garam masala, three-quarters of the cilantro, and tomato paste. Stir well to combine. Taste and add more salt, if needed.

When done, top with sliced almonds and cilantro.

Nutrition Information per Serving:

Calories: 270 Protein: 21g Carbohydrates: 8g net Fat: 6g

24. Lemon and Olive Chicken

Serves: 8 **Prep:** 10 minutes

Ingredients:

For Marinade:

½ tsp pepper

4 tbsp olive oil

3 lemons, juiced

½ bunch parsley, chopped

2 sprigs fresh sage

1 tsp salt

3 sprigs rosemary

2 cloves chopped garlic

For Chicken:

3.5 oz. Kalamata olives

½ c dry white wine

1 whole chicken, cut into pieces

Directions:

Make marinade by chopping sage, parsley, rosemary, and garlic. Put in a bowl and add lemon juice, pepper, salt, and olive oil. Mix well and set to the side.

Remove skin from chicken. Put the chicken in zip top bag and cover with marinade. Let it sit for four hours.

Set the Instant Pot to sauté. Add the oil and brown the chicken. Set aside.

Add wine, deglaze, and cook until almost evaporated.

Add the chicken with the dark meat first and white meat on top.

Measure remaining marinade and add it to the Instant Pot. Close and seal the lid.

Set your pot to high for ten minutes. Once done, quick release the pressure. Take off the lid and remove the chicken.

Reduce liquid by half. Put the chicken back in and glaze all the pieces.

Take chicken back out and sprinkle with lemon slices, olives, and rosemary.

Tell guests that olives do still have pits.

Nutrition Information per Serving:

Calories: 343 Protein: 27.2g Carbohydrates: 16g net Fat: 19.2g

25. Chicken and Sausage Stew

Serves: 6

Prep: 10 minutes

Ingredients:

6 cloves garlic

¼ tsp black pepper

1 tsp thyme

2 c chicken broth

2 large carrots

½ tsp smoked paprika

1 bay leaf

1 tsp salt

3 bell peppers

2 stalks celery

¼ c parsley

1 medium white onion

6 c chopped tomatoes

½ tsp crushed red chili flakes

¼ tsp cayenne

1 tbsp coconut oil

1 lb. andouille sausage

1 lb. boneless, skinless chicken thighs

Directions:

Heat the coconut oil in the bottom of the Instant Pot and set on sauté setting. Add the sausage and chicken and cook through. While cooking, slice the onion and dice the bell peppers. Chop the celery and carrots. Take the meat out of the pot and save for later.

Cook the veggies in the bottom of the pot, stirring occasionally. Mince garlic and put in pan. Add chopped tomatoes and broth. Bring to simmer.

When the sausage and the chicken are cool enough to touch, slice them into bite-size pieces. Place them back into the pot with the spices. Mince parsley and place in the pot. Give the stew another stir and close and seal the lid. Turn to soup setting and cook ten minutes. Enjoy.

Nutrition Information per Serving:

Calories: 250 Protein: 27g Carbohydrates: 10g net Fat: 9g

27. Creamy Chicken and Broccoli

Serves: 4 to 6

Prep: 8 minutes

Ingredients:

½ tsp salt

4 oz. cream cheese, diced

1/8 tsp red pepper flakes

2 large boneless chicken breasts

1 tsp xanthan gum

1 tbsp dried parsley

½ tsp pepper

1 tbsp olive oil

3 c chopped broccoli

14 oz. chicken broth

1 c shredded cheddar cheese

½ c chopped onion

1 tbsp butter

Directions:

Pepper and salt chicken breasts. Set the cooker on sauté. Place the butter and oil to the pot. When melted, brown the chicken breasts and put on a plate.

Add onion to the pot and cook until tender. Stir parsley, red pepper flakes, pepper, salt, and chicken broth. Add the chicken breasts.

Cover and seal the lid. Set on high and cook for five minutes. When timer goes off, use quick pressure release. Place the chicken on cutting board and cut into pieces.

Select sauté and add shredded and cream cheese. Stir until cheese is melted.

Add the chicken and broccoli. Simmer for five minutes until chicken and broccoli are hot.

Serve over riced cauliflower.

Nutrition Information per Serving:

Calories: 180 Protein: 18g Carbohydrates: 14g net Fat: 4.5g

28. Kalua Pig

Serves: 8

Prep: 5 minutes

Ingredients:

3 slices bacon

1 c water

1 ½ tbsp. salt

5 peeled garlic cloves

1 cabbage, cored, cut into six wedges

5 lbs. bone-in pork shoulder roast

Directions:

Drape the bacon in the pot. Set the cooker to sauté and cook the bacon. Slice roast into three pieces. Cut some slits into pork and place in garlic.

Top with salt. Check the bacon and turn to brown both sides.

Set in pork and keep single meat layer then add water.

Seal the lid and set on high then cook for 90 minutes.

When timer goes off, use natural pressure release. When all pressure has been released, carefully open the lid and check to see of pork is tender.

Remove the meat and shred. Taste the remaining liquid in bottom and adjust seasonings if needed.

Add the wedges of cabbage to the cooking liquid. Close and seal the lid. Set on high and cook for five minutes. When cabbage is finished, quick release the pressure.

Serve the pork with cabbage on top.

Nutrition Information per Serving:

Calories: 250 Protein: 20g Carbohydrates: 0g net Fat: 19g

29. Pork Chops with Carrots

Serves: 6

Prep: 15 minutes

Ingredients:

1 cup baby carrots

¼ c butter

Salt

1 chopped onion

3 tbsp Worcestershire sauce

1 c vegetable broth

Pepper

4 thick bone in pork chops

Directions:

Season chops with pepper and salt. Set the Instant Pot to sauté and melt two tablespoons of butter. Cook the pork chops until browned on each side then put on a plate.

Melt the rest of the butter and let the onion and carrots cook. Place the Worcestershire sauce and broth. Return the pork chops to the pot.

Close and seal the lid. Set on high for 13 minutes. When the timer goes off, release the pressure. Take off the lid and carefully take out carrots and chops. Serve.

Nutrition Information per Serving:

Calories: 310 Protein: 24g Carbohydrates: 15g net Fat: 16g

30. Braised Beef Ribs

Serves: 4

Prep: 10 minutes

Ingredients:

Water

3 cloves garlic

1 onion, quartered

1 tbsp olive oil

Salt

4 lbs. beef short ribs

Directions:

Season the ribs with salt. Set the cooker on sauté. Pour the oil to the pot and heat up. Brown the ribs once hot.

When all the ribs have been browned, put them back in the pot. Add water, garlic, and onion. Set your pot to high for 35 minutes.

Once done, quick release the pressure. You can either pull meat from the bones or leave them as they are.

Nutrition Information per Serving:

Calories: 84 Protein: 8.7g Carbohydrates: 0g net Fat: 2g

31. Lamb Stew

Serves: 4

Prep: 10 minutes

Ingredients:

1 large onion

3 large carrots

3 tbsp broth

1 acorn squash

½ tsp salt

1 sprig rosemary

6 cloves garlic

1 bay leaf

2 lbs lamb stew meat

Directions:

Peel, seed, and cube acorn squash. Slice carrots into coins, then peel and cut onion in half then thinly slice.

Put all the ingredients in the Instant Pot. Close and seal the lid. Set on high for 35 minutes.

When the timer goes off, release the pressure. Carefully take off the lid.

Serve and enjoy.

Nutrition Information per Serving:

Calories: 277 Protein: 5.6g Carbohydrates: 14.6g net Fat: 18.6g

32. Texas Chili

Serves: 6

Prep: 10 minutes

Ingredients:

Pinch cumin

1 tsp garlic powder

½ tsp black pepper

26 oz. chopped tomatoes

4 tsp chili powder

4 large carrots, finely chopped

1 tbsp fresh parsley

1 tsp onion powder

1 tbsp Worcestershire sauce

1 tsp paprika

1 large diced onion

1 tsp salt

1 bell pepper, seeded and diced

1 lb. ground beef

Directions:

Set the Instant Pot to sauté, then add the beef and cook.

Add everything else and mix. Cover and seal the lid. Set to the cooker to meat and cook for 35 minutes.

When the chili is done, naturally release pressure. Remove the lid and serve

Nutrition Information per Serving:

Calories: 45 Protein: 7g Carbohydrates: 3g net Fat: 1.5g

33. Buffalo Chicken Soup

Serves: 2

Prep: 5 minutes

Ingredients:

½ c diced celery

1 tbsp ranch dressing mix

1 clove chopped garlic

¼ c diced onion

2 boneless skinless chicken breasts

2 c shredded cheddar cheese

2 tbsp butter

3 cups chicken broth

1/3 c hot sauce

1 c heavy cream

Directions:

Place all ingredients in the Instant Pot, except for the cheese and cream.

Close and seal the lid then set on high for ten minutes.

Once done, release the pressure.

Take out the chicken and shred, then mix back in. Add the cheese and cream. Stir to combine. Enjoy

Nutrition Information per Serving:

Calories: 130 Protein: 5g Carbohydrates: 12g net Fat: 6g

34. Lemon Garlic Chicken

Serves: 4

Prep: 10 minutes

Ingredients:

¼ c white cooking wine

¼ tsp paprika

1 tsp salt

1 tsp dried parsley

½ c chicken broth

3 to 4 tsp arrowroot flour

5 cloves minced garlic

1 large lemon juiced

1 tbsp ghee

1 diced onion

2 lbs. chicken breast

Directions:

Set the Instant Pot to sauté. Melt ghee. Cook the onion until soft. Mix everything else in, except arrowroot. Close and seal the lid.

Set on poultry. Make sure the steam valve is closed.

When done, quick release the pressure and remove the lid.

You can thicken the sauce by taking ¼ cup of the liquid from the pot and mix with the arrowroot flour, then add it back into the pot. Stir and serve.

Nutrition Information per Serving:

Calories: 216 Protein: 30.2g Carbohydrates: 7.3g net Fat: 6.7g

35. Olive Lemon Chicken

Serves: 6

Prep: 12 minutes

Ingredients:

¼ tsp xanthan gum

¾ c chicken broth

1 fennel bulb, chopped

12 chicken thighs

¼ tsp pepper

1 lemon, zest

¼ tsp salt

2 celery ribs, chopped

½ c parsley

½ tsp oregano

2 bay leaves

4 garlic cloves, crushed

16 green olives

1 onion, chopped

2 tbsp lemon juice

2 carrots, chopped

Directions:

Place the veggies and spices to your pot and set to chicken. Place the broth and ¾ cup of water. Close the lid and set on low for six hours.

Get rid of the bay leaves. Mix in the xanthan gum and the lemon juice. Place the lid and set the cooker for 15 minutes, until thickened. Stir the lemon zest and parsley. Enjoy.

Nutrition Information per Serving:

Calories: 350 Protein: 30g Carbohydrates: 6g net Fat: 16g

36. Pizza

Serves: 8

Prep: 20 minutes

Ingredients:

16 pepperoni slices

3 c spinach

3 c mozzarella

15 oz pizza sauce

¾ lb Italian sausage, cooked

¾ lb ground beef, cooked

Favorite topping

Directions:

Mix the onions, sauce, beef, and sausage together in your pot. Add half of the sauce and top with spinach, pepperoni, and half of your toppings and half of the mozzarella. Add the rest of the sauce and other ingredients, and lastly, the remaining half of the mozzarella. Close the lid, set to slow cook for 4-6 hours. Let cool, and cut into eight slices.

Nutrition Information per Serving:

Calories: 487 Protein: 30g Carbohydrates: 5.6g net Fat: 37g

International

37. Ropa Vieja

Serves: 6-8 **Prep:** 20 minutes

Ingredients:

1 tsp Goya Sazon

1 bay leaf

1 tsp cumin

½ tsp oregano

½ c chopped green olives

2 c sliced mild peppers

15 oz can diced tomatoes

1 c beef broth

½ c parsley, chopped

4 minced garlic cloves

2 tbsp vinegar

1 medium onion, sliced

Pepper and salt

2 lb flank steak

1 tbsp olive oil

Directions:

Generously season the flanks steak with some pepper and salt. Swirl the oil into the bottom of your Instant Pot and set it to sauté. Once it has heated, place the meat and brown both sides. Set it out on a plate to rest.

Place the onion and garlic and let it cook, mix the onions until soft. Mix the broth and deglaze the pot. Add bay leaf, cumin, oregano, peppers, tomatoes, and Goya Sazon. Nestle the flank steak into this mixture.

Lock the lid, then set your cooker to high pressure and cook for 40 minutes. Make sure you canceled the sauté mode before setting the cook time.

After the cooking time has finished, allow pressure to release. Open the lid and shred the meat. Remove the bay leaf, and stir the olives, vinegar, and parsley. Add as much pepper and salt as you need. Serve with cauliflower.

Nutrition Information per Serving: Calories: 249.5 Protein: 24.4g Carbohydrates: 8.4g net Fat: 11.6g

38. Goulash

Serves: 6-8

Prep: 5 minutes

Ingredients:

4 c beef stock

1 tbsp minced garlic

½ tsp hot paprika

2 cans petite diced tomatoes

2 tsp + 1 tsp olive oil

2 tbsp sweet paprika

1 large onion, sliced

1 large red bell pepper, sliced

1 ½ lb ground beef

Directions:

Set your Instant Pot to the sauté setting and add two teaspoons of oil and then place in the beef. Break it up as it browns. Once it's almost cooked, place the beef in a bowl with paper towels to drain.

As the meat is cooking, prepare your vegetables. Pour in remaining oil after you remove the beef and add the peppers and onions. Cook this until soft. Mix in hot paprika, garlic, and sweet paprika and let it cook for another couple of minutes. Make sure the paprika is cooked in with everything. You cannot skip this step.

Add stock and tomatoes, and Mix the beef. Place the lid and lock it into place. Set it to soup and cook for 15 minutes.

Once done, all the pressure to release naturally for a couple of minutes and the quick release the rest. Serve with some sour cream.

Nutrition Information per Serving:

Calories: 260 Protein: 25g Carbohydrates: 8 g net Fat: 12 g

39. Jamaican Jerk Pork

Serves: 12

Prep: 5 minutes

Ingredients:

½ c beef stock

1 tbsp olive oil

¼ c Jamaican Jerk spice blend, no sugar

4 lb pork shoulder

Directions:

Rub the oil over your roast and rub it down with the Jamaican Jerk seasoning.

Set your Instant Pot to sauté and set the meat to brown on all of the sides, then pour the beef broth.

Seal the lid into place and set the pot to high pressure on manual for 45 minutes.

Quick release the pressure and shred the meat and serve.

Nutrition Information per Serving:

Calories: 282 Protein: 23g Carbohydrates: 0g net Fat: 20g

40. No Noodle Lasagna

Serves: 8

Prep: 10 minutes

Ingredients:

8 oz. sliced mozzarella

1 lb. ground beef

½ cup Parmesan cheese

1 small onion. diced

1 25 oz. jar marinara sauce

1 large egg

2 cloves minced garlic

1 ½ cups ricotta cheese

Directions:

Set the Instant Pot to sauté. Brown ground beef with onion and garlic.

While meat is cooking, mix ricotta, parmesan, and egg in a bowl. Stir to combine.

Add marinara sauce to meat and mix well. Take out half of the meat.

Top the meat in the Instant Pot with half of the mozzarella cheese.

Spread half of the ricotta cheese over the mozzarella. Add the rest of the meat.

Add another layer of the mozzarella cheese and spread remaining ricotta cheese over that. Reserve some mozzarella for topping.

Close and seal the lid. Cook at high pressure for 10 minutes. Vent off steam, remove the lid, and add rest of mozzarella. Cover and allow the cheese to melt.

Serve and enjoy

Nutrition Information per Serving:

Calories: 339 Protein: 36g Carbohydrates: 6.3g net Fat: 3.2g

41. Italian Pot Roast

Serves: 8 to 10

Prep: 15 minutes

Ingredients:

1 jar sun dried tomatoes in olive oil

4 cloves minced garlic

1 large onion, sliced

1 jar artichokes in water

1 pkg chopped mushrooms

2 tbsp Italian seasoning

1 jar roasted red bell peppers

3 lbs. beef rump roast.

Directions:

Remove the fat, then slice into chunks. Place the meat into the Instant Pot with four cups of water.

Close and seal the lid. Set to manual for ten minutes. When done, quick release and remove the meat and place in a bowl. Get rid of the water and rinse the meat.

Place the meat back into the Instant Pot.

Julienne the bell peppers and rough chop artichokes. If the tomatoes are large, give them a rough chop, too.

Place all in the pot including the liquids from the jars of vegetables. Add sliced mushrooms, garlic, and Italian seasoning.

Close and seal the lid. Set to slow cook on high and cook for 20 minutes.

When done, naturally release pressure. Open the lid and remove the meat.

You can serve with Brussels sprouts or asparagus. Feel free to spoon the liquid in the pot over the meat to keep it moist and to season veggies.

Nutrition Information per Serving:

Calories: 246 Protein: 32g Carbohydrates: 8g net Fat: 12g

42. Carnitas

Serves: 12

Prep: 8 hours

Ingredients:

Water

2 limes, cut into wedges

2 grated carrots

1 head lettuce, washed and dried

2 tbsp olive oil

4 lbs. pork roast

Spice Mix:

1 tsp white pepper

1 large chopped onion

1 tsp cumin

1 tsp garlic powder

1 tbsp unsweetened cocoa powder

1 tsp salt

1/8 tsp coriander

1/8 tsp cayenne pepper

1 tsp red pepper flakes

2 tsp oregano

Directions:

Make the spice mix by mixing all of the spice mix ingredients together the day before. Cut the roast into manageable pieces and rub them with the spices. Place them and the onion in a zipper seal bag and refrigerate overnight.

Set the cooker to sauté and pour the olive oil. When hot, brown the roast pieces on all sides, then add enough water just covering the roast.

Close and seal the lid. Set on high and cook for 50 minutes. Turn off the pot and naturally release pressure. This will take about 20 minutes.

Open the lid and take out the meat. Shred the meat with forks.

Set the Instant Pot to sauté and allow the liquid to boil. Continue to boil until reduced. Strain and defat. The easiest way to defat is to leave in refrigerator overnight and take the fat solid on top off with spoon.

You can either put pork in the fridge or continue with instructions.

Place pork into the sauté pan and fry until browned. For added flavor put some cooking liquid on the pork before serving.

To assemble lettuce wraps: Fill the lettuce cups with carrots and fried pork. Finish with a squirt of lime juice.

Nutrition Information per Serving:

Calories: 450 Protein: 37g Carbohydrates: 5g net Fat: 31g

43. Chicken Cacciatore

Serves: 8

Prep: 10 minutes

Ingredients:

Pepper

1 green bell pepper, seeded and diced

Salt

Fresh parsley

1 can black olives

2 tbsp tomato paste

2 cans crushed tomatoes

6 boneless skinless chicken breasts

½ c chicken broth

8 oz sliced mushrooms

4 cloves crushed garlic

3 chopped shallots

Olive oil

Directions:

Set the cooker to sauté and pour some oil. When the oil is hot, add the bell pepper and shallots and cook for two minutes. Pour the broth and let it come to boil. Boil for three minutes and scrape all the good browned bits off bottom.

Add the garlic and mushrooms. Put on top of the chicken. Add crushed tomatoes on top. DO NOT STIR. Put tomato paste on top.

Close and seal the lid then set on high pressure. Cook for eight minutes then turn off the heat and let the pressure release. Take off the lid, add the pepper, salt, red pepper flakes, parsley, and olives.

Serve and enjoy.

Nutrition Information per Serving:

Calories: 234 Protein: 40g Carbohydrates: 7g net Fat: 6g

44. Tandoori Pork Ribs

Serves: 6

Prep: 5 minutes

Ingredients:

1 ½ tsp salt

3 cups water

4 tbsp Tandoori Spice

5 cloves garlic

½ c favorite barbecue sauce

1-inch ginger, roughly chopped

2 bay leaves

2 lbs. baby back ribs

Directions:

Slice the ribs so they will fit into the Instant Pot. Place in the pot as flat as possible. Stack if you need them. Add two tablespoons of spice mix, salt, garlic, ginger, and bay leaves.

Pour enough water to cover the meat.

Close and seal the lid. Set on high and cook for 22 minutes.

When finished, naturally release the pressure. Gently remove ribs and set on a plate. Place foil and cool for five minutes.

Pat dry and cover with barbecue sauce or more Tandoori spice.

Grill or broil for five minutes each side.

Serve.

Nutrition Information per Serving:

Calories: 160 Protein: 25g Carbohydrates: 4g net Fat: 4g

45. Mexican Beef

Serves: 6

Prep: 10 minutes

Ingredients:

Pepper

½ tsp fish sauce

1 tbsp tomato paste

2 ½ lbs. boneless beef chuck roast, diced

1 tbsp butter

6 cloves garlic

½ c broth

1 medium onion, thinly sliced

½ c salsa

1 tbsp chili powder

1 ½ tsp salt

Directions:

Combine the beef, salt, and chili powder. Set the Instant Pot to sauté. Add the butter and melt. Place the onions until soft.

Add the garlic and tomato sauce and give it a good stir. Add the beef. Pour fish sauce, stock, and salsa.

Cover and seal the lid. Set on meat and cook for 35 minutes.

When finished, naturally release the pressure. Take off the lid and season with pepper and salt.

Serve and enjoy.

Nutrition Information per Serving:

Calories: 500 Protein: 45g Carbohydrates: 8g net Fat: 9g

46. Saag

Serves: 6

Prep: 10 minutes

Ingredients:

2 medium diced onions

½ tsp black pepper

1 tsp cumin

1 tsp garam masala

2 tsp salt

2-inch piece ginger, minced

1 lb. mustard greens

½ tsp cayenne

4 cloves minced garlic

½ tsp turmeric

2 tbsp ghee

1 tsp coriander

1 lb. spinach

Directions:

Set the cooker to sauté and melt the ghee. Add the garlic, ginger, spices, and onion, then cook for three minutes. Add spinach and stir until begins to wilt then add the mustard greens.

Close and seal the lid. Set on poultry and cook for 15 minutes, then naturally release the pressure.

Using an immersion blender, puree to desired consistency.

Serve with some ghee on top.

Nutrition Information per Serving:

Calories: 150 Protein: 7.2g Carbohydrates: 8g net Fat: 8.7g

47. Coconut Lemongrass Chicken

Serves: 6

Prep: 10 minutes

Ingredients:

Pepper

Salt

1 large sliced onion

1 tsp five spice powder

3 tbsp coconut aminos

2 tbsp fish sauce

¼ c chopped scallions

1 c coconut milk

2-inch piece ginger

4 cloves minced garlic

Stalk lemongrass

10 drumsticks, skinless

Directions:

Put drumsticks in a bowl and season with pepper and salt.

Put lemongrass, five spice powder, coconut aminos, fish sauce, coconut milk, ginger, and garlic in your blender and mix everything together until there are no lumps.

Pour onto the chicken and toss to coat.

Put the onion in the bottom of the Instant Pot and place the drumsticks and sauce on top.

Close and seal the lid. Set to slow cook on low for four hours.

Nutrition Information per Serving:

Calories: 300 Protein: 18g Carbohydrates: 29g net Fat: 4g

48. Thai Chicken Broth

Serves: 10

Prep: 5 minutes

Ingredients:

5 slices ginger

20 fresh basil leaves

1 tbsp salt

1 stalk lemongrass, cut into chunks

1 whole chicken

1 lime

Directions:

Put salt, ginger, basil leaves, lemongrass, and chicken into the Instant Pot. Fill with water.

Set on slow cook for eight hours.

Ladle broth into a bowl then add salt to taste. Squeeze some lime juice and garnish with basil

Nutrition Information per Serving:

Calories: 290 Protein: 23g Carbohydrates: 17g net Fat: 6g

49. Jerk Chicken

Serves: 4 to 6

Prep: 8 minutes

Ingredients:

2 tsp garlic powder

1 tsp cayenne pepper

4 tsp paprika

1 tsp pepper

4 tsp salt

2 tsp thyme

2 tsp white pepper

2 tsp onion powder

5 chicken breasts

Directions:

Mix all the spices in a bowl. Rub each breast with spice mixture and place in the Instant Pot.

Close and seal the lid. Set on slow cook for six hours. Serve alongside your favorite keto side.

Nutrition Information per Serving:

Calories: 150 Protein: 26g Carbohydrates: 0g net Fat: 4g

50. Asian Beef Pot Roast

Serves: 12

Prep: 5 minutes

Ingredients:

2 tbsp sugar substitute

1 tsp red wine vinegar

1 tbsp orange zest

½ c water

1 tsp crushed red pepper flakes

¼ c fish sauce

1 tsp orange extract

2 tbsp fresh ginger, chopped

1 tbsp sugar substitute

3 garlic cloves, crushed

4 lb chuck roast

Sriracha sauce:

½ tsp orange zest

1 tsp sugar substitute

1 tsp sriracha sauce

¼ c mayonnaise

Directions:

Stir together the water, red pepper flakes, sweetener, fish sauce, orange extract, ginger, and garlic together. Rub this mixture over the chuck roast and place it into your Instant Pot.

Place the lid and lock it into place. Set to manual on high pressure for 35 minutes.

Once it's done, quick release the pressure and remove the lid.

Mix the red wine vinegar, orange zest, and a tablespoon of sweetener.

Shred up the meat and serve with your garnishes of choice.

As everything is cooking, stir together the orange sauce. Serve the roast with this mixture.

Nutrition Information per Serving:

Calories: 245 Protein: 9g Carbohydrates: 0g net Fat: 38g

51. Green Chili with Chicken

Serves: 4-6

Prep: 10 minutes

Ingredients:

6 garlic cloves, peeled

1 tbsp Asian fish sauce

½ c cilantro leaves

1 tbsp whole cumin seed, ground

1 medium onion chopped

6 oz Anaheim peppers, chopped

1 lb poblano peppers, chopped

Salt

¾ lb tomatillos, husks removed and quartered

2 serrano chilies, chopped

3 lb chicken thighs, bone-in, skin on

Directions:

Mix the cumin, garlic, onion, Serrano, Anaheim, poblano, tomatillos, and chicken in your Instant Pot and mix with a big pinch of salt. Close and lock the lid.

Set on high for 15 minutes, then release the pressure once it is done.

Take the chicken out with tongs and set aside. Stir the fish sauce and cilantro into the Instant Pot. Use a hand blender and puree the mixture. Add salt if need.

Remove the bones and skin from chicken and shred. Mix the chicken back into the mixture. Garnish with some extra cilantro and enjoy.

Nutrition Information per Serving:

Calories: 279.4 Protein: 42.1g Carbohydrates: 9.1g net Fat: 9.1g

52. Mexican Carnitas

Serves: 11 cups

Prep: 5 minutes

Ingredients:

½ tsp garlic powder

¼ tsp dry adobo seasoning

2 bay leaves

2-3 chipotle peppers in adobo

¾ c chicken broth

¼ tsp oregano

½ tsp sazon

1 ½ tsp cumin

6 garlic cloves

Pepper

2 tsp kosher salt

2 ½ lb pork shoulder, trimmed

Directions:

Sprinkle some pepper and salt over the pork. Heat a skillet and brown the pork on all sides. Set off the heat and let it cool.

Slice one-inch deep holes into the meat and insert a garlic sliver. Do this until you use up all of the garlic pieces. Sprinkle the garlic powder, adobo, oregano, Sazon, and cumin all over the pork.

Place the chicken broth in your Instant Pot and add the chipotle peppers and bay leaves. Set the pork into the Instant Pot and place the lid, locking it into place. Set to the meat setting for 50 minutes.

Once done, release the pressure and shred the pork and mix with the juices. Take out the bay leaves and adjust any flavors that you need to.

Nutrition Information per Serving:

Calories: 190 Protein: 27g Carbohydrates: 1g net Fat: 8g

53. Corned Beef and Cabbage

Serves: 12 cups

Prep: 15 minutes

Ingredients:

2 tsp dried mustard

1 c carrots, sliced in thirds

4 garlic cloves

1 c onions, sliced

1 c celery, chopped

1 head cabbage, cut into wedges

2 tsp peppercorns

6 c water

4 lb corned beef brisket

Directions:

Put your beef brisket into your Instant Pot, and get rid of the spice pack that came with it.

Add water just enough to cover the brisket, then sprinkle the spices into the pot.

Place the lid and lock into place. Set the pot to meat/stew and set on high for 60 minutes.

Once it is done cooking, select cancel and let natural release happen for 20 minutes. Carefully take the lid off.

Take the brisket out and keep it warm. add the vegetables and place the lid back on. Set to soup for 15 minutes. Once done, quick release the pressure.

Place the beef back in and allow it to warm.

Serve and enjoy.

Nutrition Information per Serving:

Calories: 334 Protein: 23.7g Carbohydrates: 5.5g net Fat: 22.8g

54. Belizean Stewed Chicken

Serves: 8

Prep: 75 minutes

Ingredients:

1 tbsp sugar substitute

½ tsp pepper

2 tbsp recado rojo

2 tbsp white vinegar

2 c chicken stock

1 tsp oregano

3 sliced garlic cloves

3 tbsp Worcestershire sauce

1 tsp cumin

1 c onions, sliced

1 tbsp coconut oil

4 chicken drumsticks

4 chicken thighs

Directions:

Mix the sweetener, pepper, oregano, cumin, Worcestershire sauce, vinegar, and recado together. Rub marinade on chicken. Let sit for an hour.

Set the cooker to sauté and place the coconut oil. Place the chicken in and brown in batches. Take the chicken out and set aside.

Place the onion and garlic and allow them to sauté for a couple of minutes until they are soft.

Put the chicken back in. Add the chicken broth to the bowl that has the remaining marinade and mix together.

Pour this mixture over the chicken. Place the lid and seal into place.

Set on high for 20 minutes.

Once done, quick release the pressure, and adjust flavors if you need to.

Nutrition Information per Serving:

Calories: 410 Protein: 30g Carbohydrates: 6g net Fat: 24g

Vegetables

55. Spaghetti Squash

Serves: 2

Prep: 5 minutes

Ingredients:

1 c water

1 medium spaghetti squash

Directions:

Use a knife and slice the squash half crosswise. You get longer strands when the squash is cut crosswise instead of lengthwise.

Scoop all of the gunk and seeds out of the center of each squash half.

Set the trivet or steamer into your Instant Pot and pour the water.

Set the squash inside. You can place it in cut side up or cut side down; it doesn't matter.

Set the lid and lock it into place. Place the pot on manual on high heat for seven minutes.

Once the squash has cooked through, quick release the pressure and take off the lid.

If you cooked it with the cut side up, tip them over to remove the water from the center. Poke a fork into the squash to make sure it is tender.

Remove the squash and then pull the insides out.

Nutrition Information per Serving:

Calories: 31 Protein: 1g Carbohydrates: 7g net Fat: 1g

56. Mashed Cauliflower

Serves: 4

Prep: 1 minutes

Ingredients:

Handful chives

1 large head cauliflower, cut into chunks

1/8 tsp salt

1 c water

¼ tsp garlic powder

1 tbsp butter

1/8 tsp pepper

Directions:

Core the cauliflower and then dice it into large chunks.

Set the steamer basket or trivet into the bottom of the pot and add the water. Add the cauliflower on the trivet.

Place the lid and seal it into place.

Set to the manual setting in high pressure and let cook for three to five minutes.

Use the quick release so that the cauliflower doesn't become mush. Remove the lid.

Take out the inner pot and drain out the water.

Place the cauliflower into the pot once you have rinsed out.

Add all of the seasoning and the butter and mash them all together until it reaches the consistency that you like.

Nutrition Information per Serving:

Calories: 95 Protein: 2.9g Carbohydrates: 3g net Fat: 8g

57. Steamed Artichokes

Serves: 2-4

Prep: 5 minutes

Ingredients:

2 medium whole artichokes

1 c water

1 lemon wedge

Directions:

Rinse off your artichokes and get rid of any damaged outer leaves. Trim off the top third and the stem of the artichokes. Rub the lemon wedge across the top of the artichoke so that it doesn't brown.

Place the steamer rack into your Instant Pot and in the water. Set the artichokes on the steamer rack and lock the lid into place.

Place on manual mode and set the time for 20 minutes. If your artichokes are larger or smaller, adjust the time up or down by five minutes.

Once the cooking is done, turn off the machine, wait ten minutes, and then quick release the pressure. With tongs, carefully take out the artichokes and serve them with your dipping of choice.

Nutrition Information per Serving:

Calories: 60 Protein: 4.2g Carbohydrates: 6g net Fat: .2g

58. Brussel Sprouts

Serves: 4

Prep: 5 minutes

Ingredients:

1 tbsp honey

½ c water

Habanero sea salt

3-4 slices of bacon, chopped

4 c Brussel sprouts, chopped

Directions:

Cook the bacon in your pot on the sauté mode, making sure not to let them burn. Add the sprouts and allow them to cook for another five minutes.

Pour the water. Place the lid and lock into place. Set to manual on high for two minutes.

Release the pressure then take out the sprouts and sprinkle with a bit of salt.

Nutrition Information per Serving:

Calories: 56 Protein: 4g Carbohydrates: 7g net Fat: .8g

59. Turmeric Cauliflower Mash

Serves: 4

Prep: 1 minutes

Ingredients:

1 tbsp butter

3 chives, chopped

½ tsp pepper

1 ½ c water

½ tsp turmeric

1 head cauliflower

¼ tsp salt

Directions:

Place water in the pot. Put the steamer basket and add the cauliflower. Lock the lid and set to high for six minutes. Quick release the pressure.

Put the cauliflower in a bowl and mash. Mix the all the other ingredients, except the chives. Once mixed, garnish with fresh chives.

Nutrition Information per Serving:

Calories: 80 Protein: 4g Carbohydrates: 2g net Fat: 5g

60. Spaghetti Squash with Crispy Garlic Sauce

Serves: 4

Prep: 5 minutes

Ingredients:

1 medium spaghetti squash

1 tsp salt

1 small bunch sage

2 tbsp olive oil

1/8 tsp nutmeg

1 cup water

4 cloves garlic

Directions:

Halve the squash and remove the seeds.

Add water to the Instant Pot. Place squash halves in facing up. Stacking on top of each other is fine.

Close and seal the lid. Set on high and cook four minutes.

While cooking in cold sauté pan, put olive oil, garlic, and sage. Cook on low to fry sage leaves. The leaves will be dark green when crispy. Watch the garlic so it doesn't burn.

When timer goes off, quick release the pressure.

Using forks, shred spaghetti into the sauté pan. When all of the squash is in the pan, turn off the heat and sprinkle with nutmeg and salt. Stir everything to coat.

Serve with some Parmesan.

Nutrition Information per Serving:

Calories: 88.6 Protein: 1.5g Carbohydrates: 3g net Fat: 4g

61. Steamed Artichokes

Serves: 4

Prep: 5 minutes

Ingredients:

Pinch paprika

1 tsp Dijon mustard

1 lemon, sliced in half

2 tbsp mayonnaise

2 medium artichokes

Directions:

Wash the artichokes well and remove any damaged leaves. If they are spiny, cut off the top and trim the spines with kitchen shears.

Wipe the cut edges with lemon. This keeps them from turning brown.

If the artichoke came with a stem, slice it off to make a flat bottom. Peel and slice the stem and boil it in the water under the artichoke.

Add a cup of water to the Instant Pot. And put the steamer basket in. Put artichokes facing up and spritz with remaining lemon on top. Close and seal the lid. Set on high and cook for ten minutes.

When timer goes off, naturally release the pressure for ten minutes. Quick release the remaining pressure.

Check for doneness by removing an outer edge and give it a taste. If the leaf comes off easily, it's done. If not, cook for few more minutes.

Mix the mustard and mayonnaise and put into a dipping container. Sprinkle with paprika. Serve and enjoy.

Nutrition Information per Serving:

Calories: 77.5 Protein: 2g Carbohydrates: 3.5g net Fat: 5g

62. Prosciutto-wrapped Asparagus

Serves: 6

Prep: 5 minutes

Ingredients:

1 lb. asparagus

8 oz. thinly slice Prosciutto

Directions:

Put one cup water into the Instant Pot.

Wrap each asparagus spear with prosciutto. Put any unwrapped spears in single layer in bottom of the steamer basket. Lay the prosciutto wrapped asparagus on top in single layer. Put basket in the pot.

Close and seal the lid. Set the pot on high for three minutes. Once done, naturally release the pressure. Take out the steamer basket and put asparagus on serving platter.

Serve and enjoy.

Nutrition Information per Serving:

Calories: 39 Protein: 3g Carbohydrates: 2g net Fat: 2g

63. Cauli-Rice

Serves: 4

Prep: 5 minutes

Ingredients:

Lime wedge

Cilantro

¼ tsp paprika

¼ tsp turmeric

¼ tsp cumin

½ tsp parsley

¼ tsp salt

2 tbsp olive oil

Head of cauliflower

Directions:

Add a cup of water and steamer basket to the pot and add cauliflower. Lock the lid and set to manual for one minute. Once done, quick release the pressure.

Set cauliflower on a plate and get rid of the water in the pot. Set pot to sauté and add the oil and cauliflower.

Break it up with a masher and mix with the desired spices. Enjoy!

Nutrition Information per Serving:

Calories: 80 Protein: 1g Carbohydrates: 3g net Fat: 5g

64. Acorn Squash

Serves: 4

Prep: 2 minutes

Ingredients:

2 acorn squashes

½ c water

½ tsp salt

Directions:

Cut the squash in half, then remove the seeds. Put steamer basket in the Instant Pot with ½ cup water.

Put squash in the pot and sprinkle with salt.

Close and seal the lid and set on manual on high for five minutes. Quick release when done. Use fork to separate squash from peel.

Nutrition Information per Serving:

Calories: 114.8 Protein: 2.3g Carbohydrates: 20g net Fat: .3g

65. Butternut Squash

Serves: 4

Prep: 5 minutes

Ingredients:

¾ c water

1 tsp garlic powder

1 tbsp pumpkin pie spice

1 tbsp dried oregano

1 medium chopped onion

1 tsp chili powder

2 lb. chopped butternut squash

Directions:

Place all the ingredients into the Instant Pot, then stir to combine.

Close and seal the lid and set the pot on high for three minutes. Quick release the pressure once done. Enjoy!

Nutrition Information per Serving:

Calories: 102 Protein: 2.3g Carbohydrates: 21.5g net Fat: .2g

66. Kale and Carrots

Serves: 2

Prep: 10 minutes

Ingredients:

Balsamic vinegar

Pepper

1 medium onion, sliced

Salt

½ c chicken broth

5 cloves garlic, rough chopped

3 medium carrots, cut into ½-inch slices

1 tbsp ghee

10 oz. kalc, rough chop

Directions:

Set the Instant Pot to sauté and melt the ghee. Add onions and carrots and cook until fragrant. Place the garlic and add the kale, then add the chicken broth and sprinkle with pepper and salt.

Close and seal the lid and set on manual on high and cook five minutes. When done, naturally release pressure, then take off the lid. Stir well to combine and splash some balsamic vinegar and whatever you would like to top it with.

Serve and enjoy.

Nutrition Information per Serving:

Calories: 150 Protein: 2g Carbohydrates: 5g net Fat: 0g

67. Summer Vegetable Soup

Serves: 6

Prep: 10 minutes

Ingredients:

Salt

Pepper

1 medium zucchini, sliced

1 small red bell pepper, chopped

½ c fresh basil

1 small orange bell pepper, chopped

½ c green beans

1 medium summer squash, sliced

1 medium onion, quartered

2 large tomatoes, seeded and sliced

1 small eggplant, sliced

6 cloves garlic

2 quarts broth

Directions:

Put all the ingredients into the Instant Pot, then close and seal the lid. Set the cooker to soup and cook for ten minutes. Once the timer beeps, naturally release the pressure. When done, remove the lid and using an immersion blender, puree the soup until smooth then add pepper and salt to taste.

Nutrition Information per Serving:

Calories: 102 Protein: 4.5g Carbohydrates: 11.8g net Fat: 2.6g

68. Spring Vegetable Soup

Serves: 6

Prep: 10 minutes

Ingredients:

Salt

Pepper

1 bunch asparagus, tough ends discarded

1 bunch radishes, about ten

5 small carrots, tops removed

1 medium leek

½ lb. spring greens like baby spinach

1 head garlic, peeled

1 onion, peeled and quartered

2 quarts broth

Directions:

Put all the ingredients except pepper and salt into the Instant Pot. Close and seal the lid.

Set the cooker on soup and cook for ten minutes. When finished, quick release the pressure and take off the lid. Puree soup with immersion blender then add pepper and salt to taste.

Serve and enjoy.

Nutrition Information per Serving:

Calories: 45 Protein: 2g Carbohydrates: 8g net Fat: 1g

69. Cauli-Rice

Serves: 4

Prep: 5 minutes

Ingredients:

Lime wedges

2 tbsp olive oil

Cilantro

¼ tsp cumin

¼ tsp turmeric

¼ tsp paprika

½ tsp dried parsley

¼ tsp salt

1 medium or large head cauliflower

Directions:

Wash cauliflower and remove any leaves. Chop into large pieces. Put into steamer basket of the Instant Pot.

Pour one cup of water into the bottom of the Instant Pot. Place steamer basket inside. Close and seal the lid.

Set on manual on high for one minute. When timer beeps, quick release the pressure. Put cauliflower on a plate, then remove the water from the Instant Pot.

Put pot back into the Instant Pot. Set on sauté. Add oil and cauliflower. Mash with a potato masher. You can add any other spices or seasonings at this point. Taste and adjust salt if needed.

Nutrition Information per Serving:

Calories: 20 Protein: 2g Carbohydrates: 2g net Fat: 0g

70. Beet Borscht

Serves: 6

Prep: 15 minutes

Ingredients:

1 tbsp salt

Bay leaf

3 large peeled beets

6 cups stock

3 c shredded cabbage

½ tbsp. thyme

1 medium diced onion

¼ c dill

2 cloves diced garlic

2 large carrots diced

½ c sour cream

3 stalks celery diced

Directions:

Put washed beets in the steamer basket of the Instant Pot with one cup of water. Steam for seven minutes, then quick release the pressure and drop the beets into an ice bath. Skins should come right off. Dice the beets. If you don't want your hands red, wear gloves.

Add the thyme, salt, stock, bay leaf, cabbage, onions, garlic, celery, carrots, and beets to the Instant Pot.

Set on soup and cook for 45 minutes.

Once done, naturally release pressure. Serve and enjoy.

Nutrition Information per Serving:

Calories: 163 Protein: 12g Carbohydrates: 20g net Fat: 2.5g

71. Onion Soup

Serves: 4

Prep: 10 minutes

Ingredients:

1 tbsp balsamic vinegar

2 sprigs thyme

1 tsp salt

6 cups stock

2 bay leaves

8 cups onions, sliced into half moons

2 tbsp coconut oil

Directions:

Set the cooker to sauté and pour the oil. When oil is heated, add onions and sauté until translucent.

Pour in balsamic and deglaze. Add thyme, bay leaves, salt, and stock. Close and seal the lid then set on high and cook for ten minutes. Once done, naturally release the pressure. Throw away the thyme stems and bay leaves. Blend the soup with an immersion blender.

Nutrition Information per Serving:

Calories: 113.2 Protein: 7.5g Carbohydrates: 14.7g net Fat: 3.5g

72. Brussels Sprouts

Serves: 6

Prep: 10 minutes

Ingredients:

Olive oil

Salt

Pepper

1 pomegranate

¼ c pine nuts, toasted

1 lb. Brussels sprouts

Directions:

Remove the outer leaves and trim stems from Brussels sprouts. Cut the larger ones in half. Add one cup of water to the Instant Pot and the steamer basket. Put the sprouts into the basket. Close and seal the lid and set on high. When pot reaches pressure, cook for three minutes, then quick release the pressure. Place on a serving dish and drizzle with olive oil, pine nuts, pomegranate seeds, pepper, and salt.

Nutrition Information per Serving:

Calories: 75 Protein: 5.4g Carbohydrates: 9.4g net Fat: .2g

Specialty

73. Buffalo Ranch Chicken Dip

Serves: 8

Prep: 2 minutes

Ingredients:

1 packet ranch dip mix

8 oz cream cheese

16 oz cheddar cheese

1 stick butter

1 lb chicken breast

1 c hot sauce

Directions:

Put the ranch dip packet, hot sauce, butter, cream cheese, and chicken inside of your Instant Pot.

Place the lid and lock it into place and then set it on high for 15 minutes.

Once done, release the pressure.

Take off the lid and shred up the chicken with a fork.

Mix the cheddar cheese and serve with your favorite keto friendly chips or veggies.

Nutrition Information per Serving:

Calories: 490 Protein: 30.6g Carbohydrates: 2.5g net Fat: 40.2g

74. Hard Boiled Eggs

Serves: 16

Prep: 1 minutes

Ingredients:

1 c water

16 eggs

Directions:

Set your wire rack into the bottom of your Instant Pot and add the water.

Set the eggs on the rack and make sure that are tight together. 16 eggs are normally how many eggs you can fit in it in a single layer, but it will depend on the size of the egg that you use. Place the lid and lock it into place. Select the manual button and set the time to four minutes on high pressure. Once it is done, quick release the pressure. Make sure you remove them quickly because they will overcook.

Carefully remove the eggs using a serving spoon and place in cold water for five minutes. Peel the eggs and enjoy.

Nutrition Information per Serving:

Calories: 70 Protein: 6g Carbohydrates: .9g net Fat: 4.5g

75. Crustless Cheesecake

Serves: 8

Prep: 5 minutes

Ingredients:

2 eggs, room temp

Handful strawberries

2 8 oz softened cream cheese

2/3 c favorite sugar substitute

1 tsp vanilla

Directions:

Take a springform pan and grease the inside well.

Using a mixer, beat the cream cheese until smooth and they don't have any lumps.

Mix the vanilla and sugar until it is all well incorporated.

Mix the eggs. Continue to beat together until they come together completely. Make sure not to over mix.

Pour this into your prepared springform pan. Place foil around the bottom and sides of the pan so that water doesn't leak into the pan.

Set a rack into the bottom of your Instant Pot. Pour enough water into your pot and ease the springform pan and set on the rack.

Place the lid and lock into place. Cook on high for 20 minutes.

Allow all of the pressure to release naturally, and let the cheesecake cool for 15 to 20 minutes in the Instant Pot.

Carefully ease the cheesecake out and allow it to come down to room temperature. Carefully take the foil off the bottom of the pan.

Place on saran wrap and refrigerate for a few hours. Before you serve, dice some strawberries and spread them on top.

Nutrition Information per Serving:

Calories: 213.5 Protein: 5.8g Carbohydrates: 4.9g net Fat: 20.8g

76. Cheesecake

Serves: 8

Prep: 10 minutes

Ingredients:

Filling:

¼ c heavy whipping cream

3 room temperature eggs

Zest of 1 lemon

1 tsp orange zest

½ tsp vanilla

½ c + 2 tbsp granulated swerve

16 oz. cream cheese, room temperature

Top Layer

2 tsp granulated swerve

½ c sour cream

Directions:

Use a 6-inch spring form pan. Take some parchment paper that is a bit larger than the pan and line the perimeter of the pan. Lightly oil the bottom of the pan. Wrap foil around the bottom.

Using hand held mixer, blend vanilla, orange zest, lemon zest, cream cheese, swerve, and heavy cream until smooth. Add the eggs until smooth.

Pour into the prepared pan. Lay a paper towel on top and wrap foil over top to hold towel in place. Set aside.

Pour one and a half cups water into the pot. Place trivet in water with handles up. Make a sling out of tin foil. Put the cheesecake in center of sling and carefully place it in the Instant Pot. Leave the sling in place.

Close the lid and seal. Press manual and set time for 37 minutes. While cheesecake cooks, fix the topping. Add topping ingredients to bowl and mix well to combine.

When the timer goes off, allow the pressure to release naturally for 18 minutes. Open valve and take off the lid.

Carefully lift the cheesecake out of the Instant Pot. Take off the foil and paper towel from the top. If there is liquid on cheesecake carefully blot it off. While cheesecake is hot, spread on the toppings.

Put the towel and foil on cheesecake and put in the refrigerator overnight. Once cooled, release the outer spring of pan and remove. Carefully take off the parchment paper. Cut into eight equal slices and serve.

Nutrition Information per Serving:

Calories: 268.1 Protein: 6.8g Carbohydrates: 3g net Fat: 23.8g

77. Chocolate Cake

Serves: 10

Prep: 10 minutes

Ingredients:

tsp vanilla

¾ c heavy cream

2 tsp baking powder

4 large eggs

½ c unsalted butter, melted

¼ tsp salt

¼ c chocolate protein powder

2/3 c unsweetened cocoa powder

¾ c swerve sweetener

1 ½ c almond flour

Directions:

Grease the Instant Pot. Mix salt, baking powder, protein powder, cocoa powder, sweetener, and almond flour together.

Add the vanilla extract, cream, eggs, and butter. Mix well to combine. Pour into the Instant Pot. Set to slow cook on low and cook for 3 hours.

Turn off and allow to cool for about 20 minutes. Serve.

Nutrition Information per Serving:

Calories: 344 Protein: 12.8g Carbohydrates: 6.5g net Fat: 29.3g

78. Breakfast Frittata

Serves: 6

Prep: 10 minutes

Ingredients:

½ tsp pepper

8 eggs

1 ½ c bell pepper, diced

¼ c diced red onion

1 tsp salt

1 1/3 c cooked breakfast sausage

¾ c frozen spinach, thawed and drained

Directions:

Combine the sausage, salt, pepper, eggs, red onions, bell pepper, spinach. Pour into the greased Instant Pot.

Set on slow cook on low for three hours until frittata is set.

Nutrition Information per Serving:

Calories: 238 Protein: 20g Carbohydrates: 3g net Fat: 16g

79. Sausage and Egg Casserole

Serves: 8

Prep: 10 minutes

Ingredients:

Pepper

Salt

2 cloves minced garlic

¾ c whipping cream

10 eggs

1 c shredded cheddar cheese

12 oz pkg. link sausage, cooked and sliced

1 medium broccoli head, chopped

Directions:

Grease the Instant Pot, then layer half of the broccoli, sausage, and cheese. Repeat the layer. Whisk eggs, pepper, salt, garlic, and whipping cream until combined. Pour over the ingredients. Close and seal the lid then place on slow cook for five hours. Edges should be browned and set in center.

Nutrition Information per Serving:

Calories: 484 Protein: 26.13g Carbohydrates: 4.21g net Fat: 38.6g

80. Granola

Serves: 12

Prep: 10 minutes

Ingredients:

½ c swerve

1 tsp salt

1 c pumpkin seeds

½ c raw almonds

½ c raw walnuts

1 tsp vanilla extract

½ c raw pecans

½ c raw hazelnuts

1 c raw sunflower seeds

1 tsp vanilla Stevia

1 tsp ground cinnamon

1 c unsweetened shredded coconut

1/3 c coconut oil

Directions:

Set the cooker to sauté then add the coconut oil and melt. When melted, add the vanilla extract and Stevia.

Stir well before adding coconut, seeds, and nuts. Stir mixture well to coat all ingredients.

In bowl whisk salt, cinnamon, and swerve then sprinkle with seeds and nuts.

Close and seal the lid. Set on slow cook on low for two hours and stir every 30 minutes.

When done, quick release the pressure. Spread onto baking pan to cool and store in an airtight container.

Nutrition Information per Serving:

Calories: 337 Protein: 7.9g Carbohydrates: 4.8g net Fat: 31.6g

81. Buffalo Chicken Meatballs

Serves: 18-24 meatballs

Prep: 10 minutes

Ingredients:

Chopped green onions – garnish

2 garlic cloves, minced

4 tbsp butter

6 tbsp hot sauce

2 green onions, sliced

1 tsp sea salt

¾ c almond meal

1 ½ lb ground chicken

2 tbsp ghee

Directions:

Mix together the green onions, garlic, salt, almond meal, and chicken together. It helps to use your hands, and make sure you don't over mix it.

Use some ghee to grease your hands and start forming the meat into balls that are about two inches wide.

Place the Instant Pot on the sauté setting and place the ghee, allowing it to melt.

Work in batches, and place the meatballs into the pot to brown. Brown all sides for a minute.

While meatballs cook, mix together the butter and hot sauce and cook in the microwave until the butter is melted.

Once all the meatballs are browned, place them all in the pot and add the sauce on top

Lock the lid on, then set the pot to poultry.

Once the meatballs have finished cooking, quick release the pressure and enjoy.

Nutrition Information per Serving:

Calories: 290 Protein: 15g Carbohydrates: 5g net Fat: 11g

82. Meatballs

Serves: 5

Prep: 10 minutes

Ingredients:

1/3 c warm water

¼ tsp oregano

¼ tsp garlic powder

2 eggs

1 tsp olive oil

½ c almond flour

¾ c parmesan

1 tsp dried onion flakes

1 tsp kosher salt

2 tbsp parsley, chopped

1 ½ lb ground beef

¼ tsp pepper

3 c keto marinara sauce

Directions:

Stir everything together, minus the marinara sauce and olive oil. Mix well by hand and form the mixture into two-inch meatballs.

Add the olive oil to the pot.

Set the pot to sauté and brown all of the meatballs. Once all are browned, lay all the meatballs in the pot. Make sure you don't press them down.

Pour the marinara sauce and coat the meatballs.

Set on the lid and seal it into place. Set the pot to manual and set to low pressure for ten minutes.

Quick release the pressure once the cooking is done.

Take off the lid and serve with spaghetti squash or zoodles.

Nutrition Information per Serving:

Calories: 393 Protein: 30g Carbohydrates: 3g net Fat: 28g

83. Chicken Broth

Serves: 12 cups

Prep: 5 minutes

Ingredients:

3 to 4 liters water

2 garlic cloves

1 c chopped celery

2 tbsp apple cider vinegar

1 small onion, quartered – skin on

1-inch knob ginger

1 cooked chicken carcass, most meats removed

Directions:

Stir everything together and add water up to the four-liter mark. Place the lid and lock into place then set the cooker on high for 60 minutes.

After the time is up, quick release the pressure and allow the mixture to sit for an hour and cool.

Strain all of the solids out into a clean pot or container. Add some sea salt if you need to.

Allow it to chill for a while so that that the fat hardens on top.

Scrape any solid fat off. Portion the mixture into bowls and keep in the fridge for a week or freeze for three months.

Nutrition Information per Serving:

Calories: 10 Protein: 1g Carbohydrates: 1g net Fat: .5g

84. Boiled Peanuts

Serves: 4

Prep: 5 minutes

Ingredients:

1/3 c sea salt

Water

1 lb raw peanuts

Directions:

Go through the peanuts and get rid of debris and broken pieces. Rinse them off and place in your pot.

Place the salt and the fill with water until peanuts are covered. Stir everything together. Peanuts float, so set the trivet on top with a bowl to weight them down.

Place the lid and lock into place. Set to manual for 80 minutes then release the pressure and take out the nuts.

Nutrition Information per Serving:

Calories: 200 Protein: 8.5g Carbohydrates: 7g net Fat: 13.9g

85. Jalapeno Popper Dip

Serves: 8

Prep: 3 minutes

Ingredients:

½ c water

½ c almond flour

¾ c sour cream

8 oz cheddar cheese

3 sliced jalapenos

8 oz cream cheese

1 lb chicken breast

Directions:

Put the water, cream cheese, jalapenos, and chicken in your pot. Place the lid and lock, then set the cooker on high for 12 minutes.

Release pressure and shred chicken.

Mix six ounces of the cheddar cheese and the sour cream.

Put in a dish and the rest of the cheese and the almond flour. Place under a broiler for a couple of minutes and enjoy.

Nutrition Information per Serving:

Calories: 241 Protein: 5.2g Carbohydrates: 2.3g net Fat: 24.8g

86. Artichoke Dip

Serves: 8

Prep: 5 minutes

Ingredients:

3 garlic cloves

½ c mayo

½ c sour cream

14 oz can artichoke hearts

1 tsp onion powder

½ c chicken broth

8 oz shredded mozzarella

16 oz shredded parmesan

10 oz box frozen spinach

8 oz cream cheese

Directions:

Add a half cup of the chicken broth and three garlic cloves to the pot. Drain artichokes and mix. Mix the spinach, onion powder, mayo, cream cheese, and sour cream. Lock the lid and set the cooker to high for four minutes.

Quick release the pressure and mix the cheese. Place in a bowl and serve with your favorite dippers.

Nutrition Information per Serving:

Calories: 500 Protein: 7.4g Carbohydrates: 8g net Fat: 25g

87. Mini Chocolate Cakes

Serves: 2

Prep: 5 minutes

Ingredients:

2 tbsp heavy cream

¼ c baking cocoa

½ tsp baking powder

2 tbsp Splenda

1 tsp vanilla

2 eggs

Directions:

Stir everything together in a bowl. Grease two ramekins and split the batter between the two. Place a cup of water to the pot and set in the trivet.

Set the ramekins and lock the lid in place the set the cooker on high for nine minutes. Quick release the pressure and then flip the cakes onto a plate.

Nutrition Information per Serving:

Calories: 120 Protein: .8g Carbohydrates: 7g net Fat: 4.8g

88. Poached Eggs

Serves: 4-5

Prep: 5 minutes

Ingredients:

1 c water

4-5 eggs

Directions:

Set your trivet into the pot and add a cup of water.

Coat silicone cups with nonstick spray and crack an egg into each.

Set the cups into your pot. Lock the lid into place and set to steam and set to the time you need for your desired doneness.

Quick release the pressure and take off the lid. Lift out the cups and enjoy.

Nutrition Information per Serving:

Calories: 70 Protein: 6.3g Carbohydrates: .4g net Fat: 5g

89. Ricotta Lemon Cheesecake

Serves: 6

Prep: 5 minutes

Ingredients:

2 eggs

½ tsp lemon extract

1 lemon, juice and zest

1/3 c ricotta

¼ c truvia

8 oz cream cheese

Topping:

1 tsp truvia

2 tbsp sour cream

Directions:

Beat all the ingredients together except for the eggs until there are no lumps. Mix the eggs. Don't over beat. Pour this into a greased springform pan and place foil over the top.

Add two cups of water and the trivet in your pot and set on the cake. Lock the lid and set to high for 30 minutes. Let pressure release naturally.

Stir together the Truvia and sour cream. Spread this over the warm cake and refrigerate for six to eight hours.

Nutrition Information per Serving:

Calories: 190 Protein: 8g Carbohydrates: 6g net Fat: 9g

90. Wheat Belly Yogurt

Serves: 4

Prep: 5 minutes

Ingredients:

2 tbsp full-fat yogurt with live cultures

16 oz heavy whipping cream

Directions:

Stir the ingredients together in a glass bowl. Place in your Instant Pot and follow the yogurt making instructions.

Nutrition Information per Serving:

Calories: 149 Protein: 8.5g Carbohydrates: 7g net Fat: 8g

91. Raspberry Coffee Cake

Serves: 12

Prep: 15 minutes

Ingredients:

½ tsp vanilla

2/3 c water

3 eggs

1 ½ tsp baking powder

¼ c coconut flour

½ c swerve

6 tbsp butter, melted

1 ¼ c almond flour

¼ c protein powder

¼ tsp salt

Filling:

1 ½ c raspberries

2 tbsp whipping cream

1 egg

1/3 c swerve

8 oz cream cheese

Directions:

Grease the inside of your pot. Stir the dry ingredients together and then mix the water, butter, and eggs. Place to the side.

Beat the cream cheese and then mix the remaining ingredients, except raspberries. Place 2/3 of the first batter you made in your pot and smooth. Add cream cheese and spread across then add the raspberries. Dot the rest of the first batter on top.

Close the lid and set the cooker to slow cook for 3-4 hours. Enjoy

Nutrition Information per Serving:

Calories: 239 Protein: 7.54g Carbohydrates: 6.9g net Fat: 19g

92. Eggs in a Cup

Serves: 4

Prep: 5 minutes

Ingredients:

Pepper and salt

¼ c half & half

2 tbsp cilantro

½ c cheddar cheese

½ c shredded cheese

1 c diced veggies

4 eggs

Directions:

Combine the cilantro, pepper, salt, half & half, cheese, veggies, and eggs and divide into four-pint jars. Loosely place on lids.

Add two cups water to the pot and trivet. Set the jars. Lock the lid and set the cooker on high for five minutes. Once done, release the pressure.

Add other cheese and broil for a few minutes.

Nutrition Information per Serving:

Calories: 115 Protein: 9g Carbohydrates: 2g net Fat: 9g

93. Vanilla Bean Cheesecake

Serves: 8

Prep: 5 minutes

Ingredients:

Raspberry jam

1 vanilla bean, scraped

½ c swerve

1 tsp vanilla

2 eggs

16 oz cultured cream cheese

Directions:

Whisk everything together in a blender. Add to a springform pan and cover with foil. Add two cups of water to the pot and set on a rack.

Ease in the pan and lock the lid then set the cooker on high for 20 minutes. Once done, naturally release pressure. Take out of the pot and let it cool to room temp. Refrigerate at least an hour before serving.

Nutrition Information per Serving:

Calories: 100 Protein: 6g Carbohydrates: 8g net Fat: 10g

94. Greek Yogurt

Serves: 14

Prep: 5 minutes

Ingredients:

2 tbsp yogurt starter

1-gallon milk

Directions:

Place milk in the cooker. Cover lid and press the yogurt button and adjust to boil. Whisk every now and then during the cooking time.

Check the temperature once done, should be 180. If not, cook again. Once hot, take pot out and set in a cold water and whisk until it cools to 95-110.

Remove a bit of milk and mix the starter. Mix back in. Place back in the Instant Pot and place the lid and press yogurt, adjust to 8:00. Remove the pot and refrigerate until cold. Don't stir.

Strain milk through yogurt strainer for the Greek yogurt

Nutrition Information per Serving:

Calories: 220 Protein: 20g Carbohydrates: 9g net Fat: 11g

95. Garlic Spread

Serves: varies

Prep: 2 minutes

Ingredients:

Salt

2 tbsp olive oil

5-6 garlic heads

Directions:

Place 2/3 cup water in your pot and set in steamer basket. Cut the top off the garlic head. Set the garlic heads and drizzle with oil

Lock the lid then set the cooker to high pressure for ten minutes. Reduce the pressure and remove the garlic then sprinkle with salt. Once cool, remove cloves and mash together with a fork. Keep in the fridge.

Nutrition Information per Serving:

Calories: 34 Protein: 0g Carbohydrates: 5g net Fat: 2g

96. Peanut Butter Cheesecake

Serves: 8

Prep: 5 minutes

Ingredients:

1 tsp vanilla

1 tbsp cocoa

½ c swerve

2 tbsp powdered peanut butter

2 eggs

16 oz cream cheese

Directions:

Blend together eggs and cream cheese, and then add all the other ingredients. Place in four or eight-ounce jars and loosely place the lid.

Place a cup of water to the pot and set the trivet. Set the jars, lock the lid and set the cooker to high for 15-18 minutes. Once done, release pressure and remove.

Nutrition Information per Serving:

Calories: 191 Protein: 6g Carbohydrates: 5g net Fat: 16g

97. Dark Chocolate Cake

Serves: 10

Prep: 10 minutes

Ingredients:

½ c chocolate chips

¼ tsp salt

½ c cocoa powder

¾ tsp vanilla

6 tbsp butter, melted

1 ½ tsp baking powder

2/3 c almond milk

3 eggs

3 tbsp protein powder

½ c swerve

1 c + 2 tbsp almond flour

Directions:

Grease your pot and in a bowl, mix together the salt, baking powder, protein powder, cocoa powder, sweetener, almond flour. Mix the other ingredients into the dry ingredients and pour into your pot. Place the lid then set to slow cook for two and a half hours. Turn off and let it cool for 30 minutes. Serve.

Nutrition Information per Serving:

Calories: 220 Protein: 2g Carbohydrates: 8g net Fat: 4g

98. Breakfast Pie

Serves: 4-6

Prep: 10 minutes

Ingredients:

1 onion, diced

1 lb breakfast sausage

1 tbsp garlic powder

Pepper and salt

1 yam, shredded

8 eggs, whisked

2 tsp basil

Directions:

Grease your pot with oil. Place everything in your pot and mix all together. Place the lid and set to slow cook for 6-8 hours. Slice and enjoy.

Nutrition Information per Serving:

Calories: 220 Protein: 10g Carbohydrates: 6g net Fat: 8g

99. Pumpkin Pecan Cake

Serves: 10

Prep: 5 minutes

Ingredients:

¼ tsp salt

1 tsp ginger

¼ c protein powder

4 eggs

1 c pumpkin puree

¼ tsp cloves

1 tsp vanilla

1 ½ tsp cinnamon

¼ c butter, melted

2 tsp baking powder

1/3 c coconut flour

¾ c swerve

1 ½ c raw pecan

Directions:

Grease your pot, then grind pecans in a processor. Place in a bowl and mix the spices, sweetener, and coconut. Mix the vanilla, butter, eggs, and pumpkin.

Spread into the pot. Place the lid and set to slow cook for 2 ½ hours. Enjoy.

Nutrition Information per Serving:

Calories: 250 Protein: 7g Carbohydrates: 8g net Fat: 17g

100.Brussels Sprout Dip

Serves: 4

Prep: 10 minutes

Ingredients:

1 lb brussels sprouts

¼ c sour cream

4 oz cream cheese

½ tsp thyme

¼ c mayo

¾ c mozzarella, shredded

2 garlic cloves

¼ c parmesan

1 tbsp olive oil

Directions:

Coat sprouts with oil, pepper, and salt. Bake the garlic and sprouts at 400 for 20-30 minutes. Flip half way.

Remove skins from garlic, then mix everything in your pot. Place the lid and set to slow cook for 2-4 hours.

Nutrition Information per Serving:

Calories: 250 Protein: 15g Carbohydrates: 2g net Fat: 16g

101. Chocolate Cake

Serves: 10

Prep: 5 minutes

Ingredients:

2/3 c cocoa powder, unsweetened

¾ c heavy cream

4 eggs

1 tsp vanilla

¼ c chocolate protein powder

½ c butter, melted

¼ tsp salt

2 tsp baking powder

¾ c swerve

1 ½ c almond flour

Directions:

Grease your pot well. Beat everything together until smooth then pour into the pot. Place the lid and set to slow cook for two and a half hours. Turn off and let cool for about 20-30 minutes. Serve warm.

Nutrition Information per Serving:

Calories: 325 Protein: 13g Carbohydrates: 6.5g net Fat: 12g

Conclusion

Thank for making it through to the end of *Ketogenic Diet Instant Pot*. Let's hope it was informative and able to provide you with all of the tools you need to achieve your goals.

The next step is to start trying out some of these recipes to make your keto lifestyle easier and more delicious.

Finally, if you found this book useful in any way, a review o will help me a lot and is always appreciated!

CPSIA information can be obtained
at www.ICGtesting.com
Printed in the USA
BVHW030952311019
562588BV00005B/27/P

9 788831 351225